ナガサキとフクシマ
「ナガサキの証言」を軸として

畑島喜久生

献辞

本拙書を、ナガサキ・ヒロシマでの原爆被爆死者、並びにフクシマ原発での死者の御霊に捧げます。
つぎなる――「ホタルブクロ」の詩のような、自然とも融け合った〈和〉の心を追い求めるナガサキ原爆被爆者の〈心〉の徴《しるし》として。

ホタルブクロ

夏の夜空を蛍《ほたる》が飛ぶ
と
その下の草叢《くさむら》に淡い灯《あかり》が・・・・
「ホタルのお宿」ともいわれている――ホタルブクロの花にホタルが入って――
と・・・そこでのランプの火屋《ほや》は　ほんとうにうすい紫色に――ってことに

まわりの暗さに自分を合わせ
すると　それはすると――
蛍の光と融《と》け
もう　夢の紫としかいえない「夏の夜」に――
花も美しい……それと
夜も……が又

発刊に寄せて

「畑島喜久生先生の想いについて」

国立長崎原爆死没者追悼平和祈念館
館長　髙比良則安

昭和20年（１９４５年）８月９日午前11時２分、長崎市に投下された原子爆弾は、一瞬にして都市を壊滅させ、幾多の尊い生命を奪った。
たとえ一命をとりとめた被爆者にも、
生涯いやすことのできない心と体の傷跡や
放射線に起因する健康障害を残した。
これらの犠牲と苦痛を重く受け止め、心から追悼の誠を捧げる。
原子爆弾による被害の実相を広く国の内外に伝え、
永く後代まで語り継ぐとともに、
歴史に学んで、核兵器のない恒久平和の世界を築くことを誓う。
これは、国立長崎原爆死没者追悼平和祈念館（以下「祈念館」）の地上部水盤入口に設置されている銘板に刻まれた「銘文」です。

広島と長崎の祈念館では、被爆の実相を後世に伝えていくために、被爆体験の証言ビデオを制作・収集し、祈念館内のほか「グローバルネット」（平和情報ネットワーク）を通じてオンラインで公開しています。


令和3年（2021年）12月、畑島喜久生先生に祈念館の被爆者証言ビデオの制作にご協力をいただきました。

畑島喜久生先生の証言は、とても具体的であり、細部まで記憶されており、今年で92歳という年齢を考えると、本当に驚きでした。

そして、私の頭の中で漠然としていた多くの事実が一つひとつ明らかになり、ストンと理解することができたのです。

その一つの例として、「当時、長崎師範学校の寄宿舎にいた学生が、被爆後に長与に向かった」という事例があります。今回の証言映像で「校門で数学教師の増本先生から、長崎師範学校が長与の国民学校を借り受けているので、そこに行くように指示された。」ことがわかりました。

被爆者の築城昭平さん（当時 長崎師範学校の学生）は、「隣町の小学校に臨時の治療所ができたので、各自歩いていくようにとの伝令が入りました。」とピーストーク総集編（（公財）長崎平和推進協会編集）で証言されています。

また、長崎師範学校での被爆と言えば、福田須磨子さんを思い出します。当時、会計課に勤務していた福田須磨子さんは、父母と長姉を原子爆弾で亡くして、自らも被爆の後遺症や生活の困窮を抱えながら、被爆した文学詩人として、原子爆弾の非人道性を訴え続けられました。

このように被爆者には、一人ひとり別々の被爆体験があり、一つとして同じものはなく、被爆者はさまざまな想いと感情を抱いて、人生を生きてきました。たくさんの被爆体験を収集して、それを整理・分析することで、客観的で普遍的な事実に近づくことができます。

「被爆者が語れなくなる時代」の到来が近づくにつれて、このような取り組みは本当に重要だと考えております。

祈念館の設置目的の一つに「手記・体験記や関連資料など、被爆体験を後代に継承する」こととされており、祈念館は大きな役割と重大な使命を担っていると感じております。

畑島喜久生先生は、被爆による白血病に対する恐怖を感じながら、50歳になって初めて自らの被爆体験を語られました。その後、被爆の教材として『ナガサキの空』『よみがえった すずむしのうた』などを作られて、児童詩、現代詩、少年・少女詩に関する著作も合わせて100冊を超えます。

そして、今回の祈念館の被爆者証言ビデオの制作をきっかけに、畑島喜久生先生は「戦後の思いを本の形にしたい」と思われました。本書は畑島喜久生先生の集大成ともいえる作品になるのではないかと考えております。

また著名な畑島喜久生先生に被爆者証言ビデオに出ていただいたことは、被爆者証言ビデオへの協力を躊躇《ためら》っておられる多くの被爆者の背中を押していただけるものと期待しております。

このように祈念館は、多くの被爆者の「体験や想い」を手記や体験記を通じて、「記憶」として預かっております。そして、その「記憶」を被爆体験記朗読ボランティアの「永遠（とわ）の会」の朗読会をはじめさまざまな方法で公開し、多くの人へ「平和への願い」を伝えています。

最後に、本書の完成にご尽力いただいた長崎文献社の副編集長の川良真理様をはじめ長崎文献社の皆様方に厚くお礼を申し上げたいと思います。

畑島喜久生先生の末永いご健康を祈念するとともに、畑島喜久生先生が本書に寄せられた「平和への想い」が日本のみならず世界中の方々へ伝わることを切に願っております。

もくじ

（2）現代詩の部

第二章「ナガサキの証言　被爆者は語る」

第三章フクシマ
——わたしにとっての〈災後〉

第一章　ナガサキ

——わたしにとっての〈戦後〉

（1）少年詩の部

店頭のイカ

見よ
どうきられようと
たちさかれようと
売られたが最期《さいご》の
白の
いのち
一滴の血たりと
流すか

斬れ！

＊自注――「白血病への危惧の開き直りとして――」

（「現代子ども詩文庫3」『畑島喜久生詩集』四季の森社二〇二一年五月）〔以下同じ〕

深海魚——ラブカ

ラブカには目がない
ばかでかい
口という名の泥《どろ》いろの尻尾《しっぽ》
これっぽっちの
内臓《はらわた》だってありゃあしない
——盲《めし》いた口の・・・・
口の魂だってさ
なんて醜い

＊

雪　おお

マリン・スノー
暗い
海の底
の
底の
白の
無言
ラブカ雪を食《は》む

＊自注――「被爆者にも幽かな望みが――」

キョウチクトウ（わたしにとっての）

わたしにとっての
キョウチクトウといえば
〈ナガサキの花〉
……それは
わたしが死ぬまで消えない・は・ず・で……わたしが
一九四五（昭和二〇）年八月九日午前11時2分
15歳なる少年の　その柔肌《やわはだ》で
一瞬
あの閃光《ひかり》を感知していたとき
その花も　又
わたしのいた家野郷《いえのごう》でいっしょに光を浴びていて
でもなおわたしがい、いまも息をつき

東京での八月九日には
その花を見おりて——
〈ナガサキの花〉としての
あのキョウチクトウをば……であります！

ほんとうのクチナシ

口無《くちな》しや　鼻《はな》から下はすぐに顎《あご》

なる狂歌《きょうか》*1を詠《よ》んだ
田舎《いなか》での粋人《すいじん》*2がいた——が
白い六弁《ろくべん》花のそれが匂《にお》いたつと
わたしにとっては
食うや食わずだった戦後の夏
口は有《あ》っても
食う物がないので　物言う力も無《な》くて
だから
あの白い花弁の樹木《（き）》は
「梔子《くちなし》」ではなくて

ほんとうにほんとうに
鼻から下はすぐに顎
　　の・・・「口無し」でしか――（？）
事実として
こんなことがないのは知っていても・・・（です）

＊1・・狂歌――ユーモアを含んだざれごと歌。
＊2・・粋人――豊かな趣味をもち風雅・風流を好む人。

キクとアオイの謂《い》われ

♪菊は栄《さか》える葵《あおい》は枯《か》れる＊

そんなことはない（ありません）
戦争中はそう歌っていたが
　　いや歌わされてか（？）
が・・・戦争に敗けると
歌といっしょに　その歌を歌っていた子どものことも忘れ去られ
でも
そんなこととは関係なしに
季節になると
菊も葵もが燃えるように咲きでていて――

あの戦争が終わって70年経たっても
　　…というのに
　　　　　…なのに……です
で……わたしが
かつての〈子ども〉ではなくなっていて――
でも
あの花の名前だけは……
　　　　どうしてかなぜか（?）
そのわけを
かつての　大人《おとな》だった人に教わりたいもの
　　　　　　　　…よ・ろ・し・く
（もういま　そのとき大人だった人はほとんどいませんけれども）

＊…菊は天皇家、葵は徳川幕府を擬してのこと。

ヤマボウシに事寄せ――反戦のうたとして

わたしの家のメインツリーは
ヤマボウシです
でも
夏になっても花は付けません
ポツポツとしか　それもたまあに‥‥
きっと主人のわたしに似ているのでしょうか
わたしは戦後の〝逸れ鳥〟ですから
73年前　あの八月九日（一九四五年）
ナガサキで〝羽〟を焦がした――そんな‥‥
でもでも信じています
いまは花をつけていないヤマボウシにも遺伝子は秘められている‥‥と
で

戦争さえなければ

いつかは　どんなかたちでか
きっと
あの薄緑がかった白弁の花を咲かせるもの・・・・と
はかない望《のぞ》みではありますけれども
ずうっとわたしは
自分の命やいのち*については
そう思って生きてきていましたから・・・
それと
戦争で犠牲になった人たちも　むろん
なあんにも　語ったりはしませんでしたけれどもね
そこでの〈無言〉の持っている意味とは（?）
　これがことの全てで——

*：いのち——心とかかわっての決定的な命脈。「命」と区別しての。

ハエとウジムシ

ハエの卵がかえってウジムシになるって あなたも知っていらっしゃいますよね

そして　ここからは実話…
あの76年前の戦争に負けた後での――
そのときのわたしは
ナガサキで原爆をうけたあと　大火傷をし　でも運よくも海軍病院に――（収容されていて）
そして　そこで
自分の体からウジが湧きでる（でた）のでした
本当は　化膿した肌をくるんだ包帯の隙間に――ハエが卵を産みつけたってこと
…それが孵《かえ》ってウジムシに――
で　そのときの衝撃《しょうげき》からわたしは　一生抜け出ることができなくて――

よろしいですか……
あの大戦の後には　そんな気弱な少年もいたってこと
大人《おとな》になってもそのまんま　ウジウジヂュクヂュクの――わたしのような
でもわたしは
　自分のことを「ウジムシ」とはいえない（ので）
羽を焦がした戦後の〝逸れ鳥〟と呼ぶことに（していて）
いま九一歳になっても……なおなお……
　　　　　恥ずかしさをも堪《こら》えながらの――

サルスベリの花に思いを託して

サルスベリの別名に
百日紅《ひゃくじつこう》という呼び名のあることを知っていますか
夏の花といえば　その文字の意通りの百日紅
街という街の方々でそれは　ほんとうに百日咲い・て・い・て
紅《あか》　白　薄紫と　色とりどりに….
が　やはり目につくのは薄紅《くれない》の赤っ
そしてわたしはわたしは
そんなとき
〈ナガサキの花〉としての夾竹桃《きょうちくとう》をば心に描きおり（て）――なぜ!?
74年前　一瞬の閃光で黒焦げになった――わたしにとっての〈ナガサキの花〉な
　れば….
というように記憶って消え去らないものらしく….て

なおわたしが物をいうこともなく死に果てた　七万もの人たちの命の意味を思い
　描いていたり……と
その花の百日より　もっと永い〈永遠〉をば心に秘め
……と人の死とそれはどのように結びついているのか――とも
なお
ついにはサルスベリの　真夏での〈美〉につられおり……て

そうやってしか
一度死んだ人の〈魂〉は戻ってこないものらしく
――〈招魂《しょうこん》〉とは
　　　どうもそんなことのよう……なのです

(2) 現代詩の部

黙示録

ぼくは逃れ
逃れつづけ
一九六七年八月
日本の烈日に
今日も
ガンナは赤く燃える

一瞬の閃光に焦げた
黒い花芯　そう
決して

二度とは咲くはずのなかった しかし
いま目の前の朱《あけ》の群花

地表に散っているのは犬の骨です
あれは　山
あれは　雲
ときおり
天からは小石みたいな雹さえ降ってくる――
殺すに誰もいないからんとした目蓋のうらできょうも
　またあいつが死ぬ
ぼくがぼくを許す

――おおい　飛行機があかんぼを銃撃しているぞう

手馴れて　むろん

地平は
コトリともいわない

（『亡国』現代児童詩研究会、一九七五年八月）〔以下同じ〕

献花

花束はいつも勝者の手によってたかだか空《くう》に掲げられる
殺しかち撃ちかち
仕組みも筋立てもない殺さなければ殺される——もはや　だれ
　とは呼ぶによびようのつかなかったとうにきみの手ですらなかっ
　　たそのきみの右手にいまは

花が――
逃げるというよりきづいたときすでに爛れ　そしてだれ
　とは呼びようのつかぬいまずんべらのぼくに　女が恐れ
恐れる女にはぼくが恐れて　かりに
ひきつってもはや匂うことすらないこの腐爛の仇花を
だれかに捧げるとして
それは　きみにか
女にか

虹

ぼくは表皮から腐蝕しはじめていた
どこにいくにしてもかえるにしてもひとは腐肉でなにをおもっていればいいのか

曝けあうことでしかとどまりえなかった肉というこころの臭気
血？　ひとり
蒼白な顔をして氷河のほうに引き去っていった
いったいあれは――ああ
あれからどれほどのひとが生きそして死にたえていったか　つづれた表皮で覚めいまままたぼくがあの八月の空に虹を見る

――信じることだけがひとのとりえ

だれに背を見せる　そして
そう　分かっている
いま目のまえのあの七彩の虹の橋からは　けっしてぼ
くが落っこちようのないのをも

霖雨

一九六六年九月十四日（木）
被爆者定期健診
特別被爆者　東京都21227号
赤血球数　520万
白血球数　6500
赤血球沈降速度　1㎜
ザーリー　97％
ウロビリノーゲン（－）
潜血反応（－）
判定　異常なし

——水爆実験を見るドゴール（夕刊写真版）

雨
終日

顔

たとえどれほど空しかろうと こだまは
こだまのままでかえってくる

拒もうとすることでいっそう蘇っている天使たちのさんざめき
土があって
瓦礫があって——
ついにはきみが昇天しはてたというのならともかく
いっこうに飽きることもないいまなお男たちが撃ちあい殺しあい
ひとりとっくに　きみだけ顔をなくし

笑ったことで　笑ったぶんの微笑を
泣いたことで　泣いたぶんの涙を
　　　　　　　　臓腑を
瓦礫は瓦礫のまま
だれが物をいおうとどれほど叫ぼうと
もともと

土に
ひとの
耳のあったためしなどない

植物とは
植物の繊維とは
花とは
花を賞でる人とは

脱獄した昨夜のニュースの囚人には女たちがやんやの喝采
もはやきみだけが顔をなくし
それでも
土には

涙が滲《し》み

＊戦後二十三年にしてアメリカから戻されてきた原爆フィルムを見た日

半分の時間

神はぼくらの過去にいる
田舎の古井戸にいたり
ときに食べ穢しの茶碗の淵にいたり
珪砂を使って
ひとが
光を計りはじめるようになってからというもの
かつての死臭も
まるで
遠い嘘のよう……
未来のそよいでいる風に　かりに
死の灰が降っていようと
ぼくらの
部厚い肉体に遮られては
もはや　かれに

ひらつく塵埃のすけてみえようはなく
（そのぶんのもだえが
だから
ぼくらには　いっそう
　神々しく）
さしづめ
何処といえば　神は
いま
湿った嬰児の
掌《て》のうちに在る

亡国——日記抄

予見は平凡なひとりの男のかいた日記の厚みによって裏切られる
うらぎることとうらぎられることとを抱きあわせに
世のカタリベたちに人の真正は語り継がれ
他人の不幸を嘆いている暇《いとま》などない
といえば　おなじその不幸をまた他人のだれもが怒れない　とっくに
血には
狎《な》れつくしたたましいいろの日々——だれが生きだれが死に?
己の腐臭に気づかなかったことに気づいたその日
亡びた祖国の
男たちの
肩口に　かりになにを嗅いでいたとしても　それは
他人の屍臭——ねじれた根株にはまたおなじねじれた根株がねじれて
犬のくしゃみに似た聖なる植物の胴震い萎びた神々の累卵…なんと
おお

そして
山河と
人と
ひとりの敵兵は憎悪の対象ではない
愛ゆえにこそ
だから
さしちがえた　一組みの
男と
女も　いる

吃音の構造

きみといわれれば　それは
ぼくのようでもあり　ぼくといわれれば
また
それがきみのようでもある

「ああら　おまえさんまだ生きていたの」
と息をのみあう呼吸のあいだでもまた　いくどか
きみがぼくが死に
　　　生き・・・・
いちど死んでしまったいのちは　むろん
二度とは還らない

*

ひとが寡黙なのは
なにもいうことがないからではないのだ
なにかをいおうとすると
そのぶんの思いが逆に言葉を遮って

あっ　あれが Heiwa あれが Kuni あれが Kumo・・・・
・・・Senso !?

ひきつりつづけの体といっしょにいまなおひとり廃墟だけが
風化することなく
意識の天に屹立し　そしてそう
　　　　　　　　　　　　　　　あれが
な
な
な
ながさきっ

黒イ日ノ丸

キョウモマタ
出征兵士が行キナサル
——バンザイ……
　バンザーイ……
ナンダカ
村ジュウガ割レルヨウダ
オレモ行キタイ兵隊サンヲ送リニ行キタイ
デモ
オレニハ旗ガナイクレヨンガナイ
オッカアハ

（『吃音の構造』学校図書、一九八五年八月）

「学校サデ作ッテコ」
トイウ
ガ
学校ダッテ貧乏ダ

＊

土間ニ
新聞紙ヲヒロゲタ
消炭デ
大キナ丸ヲカイタ
——デモコノ黒イ日ノ丸ジャア……
竃《カマド》ノ榾火《ホタビ》デコンドハ真ッ赤ク日ノ丸ヲカイタ
新聞ハ
真ン中カラ
ボウッット燃エタ

反歌

このくにがやぶれてからわたしはさよくもうよくもかくまるもべへいれ
んもちゅうかくもしんじていませんごじゅうねんたってもまだくろいひ
のまるのことはわすれていません

（『サクラ&立亡』国土社、一九九五年八月）

今わの際《きわ》近くに来て願っていること

原爆被爆後の自分の体から蛆虫が湧きでる
という66年前の遠い記憶を通して
いま福島原発事故の情報に接していると
白血病への畏怖はそのまま蘇って生々しくさえある

わたしはいま二〇一一年三月から
原爆症認定者（です）
80歳過ぎの命を血税の扶《たす》けを借りて生き永らえるという
ときにいま　果たして
そこでの余命はどれだけのこっているか――

被爆し火傷に侵された自分の肉体から湧いてでる蛆虫を見ていても
さして心がうごくというのでもなく
だから

絶望的な窮地のなかでも泣いたことはなかったし
だいいち動くべき感情そのものが既に枯渇し果てていた　だからそのときには
　尽きかけている命に思いを致すことすらなかった
——ということになる
そしていま
その後の66年間の命を連ね
この度の東日本の大震災に出合って思う——
あのときの被爆とはいったいなんだったのか
ときにいま
一度放射能に曝《さら》されたことのある
「肉体《からだ》」とその「精神《こころ》」とは
放射能による周囲の汚染に　果たして
鈍感なのか　それとも
敏感なのか——
ただ　はっきり分かっていることは
あのときの蛆虫の記憶は

66年経ってもいまなお鮮烈で
少しも古びている気配などなく
いちど滅び去ってしまった国家《クニ》のうえをも這いずり・ま・わ・っ・て・い・て
もとより
わたしの意識のなかでのこととしてではあるが
そして
いまこの期《ご》に及んで
自分の命のことなど所詮は〝他者なる未来〟のもの　と半分悟達しかけの思いのなかに（いて）
なおその心は深い肉体《からだ》のずっと奥処《おくみ》にあって
もとより周り中の誰とも繫がっていなくて
ああ
……と　あのときの蛆虫はあのときの放射能とどのように結びついていたのか――
いま　わたしが
今わの際近く
この齢《とし》になって

それを知りたい!!
と願っていたりもし‥‥

(『東日本大震災詩集 日本人の力を信じる』リトル・ガリヴァー社、二〇一一年四月)

〝ピカドン〟という名の爆弾の光ったそのときわたしは――

わたしはあの一瞬を忘れることができない
そのときわたしは錯覚していた
寄宿舎の中庭に50kg爆弾が落ちた（と）
一週間前　本校校舎を破壊したあの爆弾が又（と）
咄嗟に寄宿舎の自室の床に伏せ（目と耳とを指で塞いで）
気づいたときには周り中は真っ黄色
（そのときわたしは）学校の修身で教わっていた関東大震災での健気な少女
　のことを思い出していた　とっさに

で
廊下に飛びだすと
――逃げ道はあるぞ
と大声で（叫び）一目散に廊下の突き当たりの窓口目掛けて駆けだし
そしてである
二階のそこから飛び降りようとしたそのとき　同時に床も崩れ落ち

……あとは無意識――
どこをどう逃げたのか（逃げ惑ったものなのか）
気づくとそこは学校の裏手のさつまいも畑……で
もうそれも焼け焦げて真っ黒け
そのあと「黒い雨」も降っていたりもしたが……
そして他者《ひと》の焼け焦げた姿を見て　初めて
自分の頭部に一本の毛　又
顔という顔の全てから毛髪が消え去っていることをも知ったのだった
とにかくその爆弾が異様で　これまでの爆弾とは違うことだけは分かった
そのときナガサキでは
一瞬の閃光に七万人の人が突然の不慮の死を遂げ
　十五万人もの人が傷ついたのだ　と……
ときにわたしはその十五万人の内の一人
（こんなことは　あとから分かったこと）
とにかく
わたしのまえからは全ての街並みが廃墟と化し

それを暗雲が暗く閉じ込めて……ということになる

*

それでも
　　　なんとか生き延び
いま　こうやって
「あの一瞬」といったり（している）――
正確を期していうならそれはいうまでもない
昭和二十（一九四五）年八月九日午前十一時二分
ナガサキの上空で閃光が炸裂し
　　　原子雲がそそり立った
あの一瞬!!（そして）
そこで　そのとき
わたしの心臓《こころ》が正規の波動を止め――

＊

……と　わたしがいまここにいるのは!?

＊

……でわたしは
あの瞬間からちょうど70年経った今　平成二十七（二〇一五）年八月九日午前
　十一時二分
わが家のリビング正面の時計を（改めて）
自らの「正規の生の時間」に合わせて
　　　ストップさせ――
意識を込めてしばし沈黙　むろん
目のまえの時計も又　黙して何も言わぬし語りだすはずもなく……て

（『「亡国」70年考』らくだ出版、二〇一五年八月）

アメリカの一兵士クロード・イーザリーに、戦後という名の〈事実〉の重さの意味を教えられる

戦後70年を前にしての三月二〇日　わたしはショッキングな〈事実〉を知ったのだった
原爆投下にかんしての――

今福（前略）あるいはクロード・イーザリーのような人がいる。広島に原爆を投下後、テニアン島に戻ってくる時に、自分が犯した行為の途方もない犯罪性にはっきりと気づき、その後罪悪感に苛まれつづけた人物です。祖国に帰って、その非道ゆえに石を投げつけられて刑務所に入れられるならば、まだいい。自分の行った犯罪とのあいだに整合性があるからです。けれどイーザリーは原爆投下のパイロットとして国家から英雄視されてしまった。倫理的に目覚めたものにとって、戦争下での国家的共同幻想によって英雄に仕立て上げられてしまう時の混乱は途轍もないものだと思います。こうしてイーザリーはあえて窃盗を犯し、自ら犯罪者になってようやく安心する。そのイーザリーの中にあるぎりぎりの傷ついたモラルを、哲学者ギュンター・アンダースが発見し、ふたりのあいだで往復書簡のやりとりがはじまる。イーザリー

はアメリカに対して非常に原初的な反乱を行った人であった。個人の生涯としてみれば悲劇的な一生だったかもしれないけれど、核カタストロフィーのアクチュアリティに対峙するとき、いまもっとも深く受け止めなければいけない人だと思います。

（「週刊読書人」二〇一五年三月二〇日、今福竜太・中村隆之対談、『ジョロニモたちの方舟』発行を機に「反乱者たちが作る世界」）

驚きである
しかし一人のナガサキでの原爆被爆者としてはありがたい　嬉しい　いいしれないほどまでに——涙が出る

政治哲学者のジョン・ロールズや　映画監督のオリバー・ストーンの謝罪のことは知っていた
でも　クロード・イーザリーのことについては全くもっての無知
この——イーザリーの中にあるギリギリの傷ついたモラル……
原爆投下国アメリカにも　これほどまでの良心的な人がいたということなのだ
広島での原爆投下者が「自分の犯した行為の途方もない犯罪性にはっきり気づきその後罪

悪感に苛まれつづけ（る）」という

＊

つぎなるは　わたしが今日（二〇一五年三月二四日）に知ったことだが
最近　知識として得ていることにこんなことが――
イーザリーが
「原爆投下のパイロットとして国家から英雄視されてしまった」ということとつながって
その一つは　いま話題のフランスの経済学者ピケティの勲章授与とかかわっての政府との
　対応について――
大意は「受勲者を選ぶ暇があったら、その分の力をフランス経済の復興のために使ってほ
しい。よってわたしは受賞を辞退する」と
正に快哉快挙――胸のすくような
もう一つはいま全世界的経済問題――
一九七四年オーストリア生まれの経済学者ハイエクがノーベル経済学賞を受賞したことで
それが「小さな政府」＝「自助努力」を掲げ「新自由主義《ネオリベラリズム》」の名で正統派経済学の座に

つく
……で　ここで新たな世界の「英雄」が又生まれでていたということに（なっていて）
ときにその者の提唱による「新自由主義《ネオリベラリズム》」のピークは一九九五年
なおそれは　わたしたちの記憶にはまだ新しい「9・11」（二〇〇一年）のワールドト
　レードセンターへの自爆テロに繋がり
さらには
「9・15」（二〇〇八年）のリーマンショックとも結びついているという——
いわゆる「新自由主義」という名での資本主義経済の破綻現象——そういってよいと思う
なおそれというのは近代の終焉を意味していて——わが国「3・11」（二〇一一年）の福
　島第一原発事故ともつながって
いうなれば「エネルギー革命」という名での平和利用——すなわち人類史的なアメリカ一
　極集中の〝近代物語〟が同時に毀《こわ》されていたことに！
が　よくよく考えてみると
そこに至るまでには数多くの「英雄」たちが跋扈＝跳梁していたことに——
先にあげた原爆投下者のイーザリーは　国家によって擬された英雄の魁《さきがけ》
しかし彼は　そのことによって苦しみ　いや苦しみ抜き　あげくには自己を窃盗犯罪者と

して貶《おとし》めさえし
でもそれは異例中の異例
（ときにわたしは
右なる〈事実〉を承《う》け自らの息をついてきた戦後70年に思いを致してみる——）

＊

アメリカとの戦争で、日本は敗けた。
　　　　　　　　　アメリカは勝利した。
だからそのとき、日本という名の国は亡びていい、いた。
その亡びる9日前と、6日前に
アメリカは、
ヒロシマとナガサキに原爆を落とし、
そしてそのアメリカとの戦争で滅びる前、日本は、
中国を初めとする、たくさんの東南アジアの国々に、「侵略戦争」という名での多大な迷
　惑をかけていて——。

もちろんのこと、戦争に敗けたあと、日本は、戦勝国アメリカによって占領され（ていて）。なおいま、一九五一（昭和二六）年九月における日本国との平和条約・日米安全保障条約の締結によって現在の日本なる国が在って——そんなわけで……。（アメリカが在ることは勿論！）

そのうえで、そんなあいだにあっての〈事実〉をいってみるなら、

アメリカは、原爆を落としたことについて、謝っていない。（謝らないままでいる。）

ときに日本の場合は中国・韓国との間で、戦後70年を経てなお揉めつづけ（ているといった為体《ていたらく》。）

そんなあいだにあって、

ナガサキでの原爆被爆少年であったわたしが、アメリカにおける原爆投下兵士イーザリーの苦悩＝苦渋の〈事実〉を戦後70年という秋《とき》知ることに。

と、ことは謝罪とまつわってのあるべき戦争反省の仕方＝在り方の問題——。

……ときに思う——わたしは。

戦争に敗け、一度は滅んだ日本という国の中で、大人たちがいったい何をしてきていたかを。

〝戦後民主主義〟と声高らかにいう。と、それは先アメリカ兵士イーザリーの思いと、ど

う、どのように繫がることに（なっていたか。）

15歳で九死に一生を得た、原爆被爆少年の思いからすればのこととして。（きっと、自分の祖国が亡びてしまったことなど、本当には識っていなかったのではないか。かすかには思っていても、いつの間にか忘れ果て・て・い・た・の・も同然なのではなかったのか、と。）

ではなぜ？

しかしここではいま、多くはいうまい。

が、原爆投下兵士イーザリーの〈事実〉を知るに及んで、ただ改めてのように思っている――。

戦争の勝ち負けを超えて、謝るべきは謝り、共々「公正なる正義」（ジョン・ロールズ）を目指し、世界の安寧に努めたほうがよいのではないのか、と。

そうすることによってきっと、生前苦しみ抜いたあのイーザリーの〈魂〉も浮かばれるはず、（とも）。

そうなると、
卑小なことだが、70年間に及んでの原爆被爆少年、なお「皇国少年」であった者――わたしの空しかった胸の中の思いも消え去っていくことに――。

それと、

「メイヨノセンシ」を遂げられた数多くの兵士たちの〈魂〉の平安が蘇ってくる——きっと。

そんな〈魂〉の浮沈浮揚の重なりのなかで、人は、勲章などに現《うつつ》を抜かし、血迷ったりしてはいけない——いられないのではないのか（とも）。

とりわけわたしたちの国は、いや世界もが、いま、二〇一一年に起きた「3・11」という名の原発事故に苦しんでいる最中《さなか》なればなおのこと。

いまいちど言う。

先のピケティではないが、「勲章」のことなど思ったり、考えたり、夢みたりする暇があったら、それぞれの仕事に忠実に励んでほしいもの。

そうすれば

核に代わるエネルギーを

人間の科学はきっと創り出せると思う。

そうあることを願《ねが》い祈っている。ひたすら、ひたすらに、わたしは。

かつての被爆少年としては（である）。

（『「皇国少年」の戦後小感』らくだ出版、二〇一六年三月）

これも生きていればのこと‥‥であれば
——70回目の原爆忌に

——よう生きとった
　よう生きとったばい＊
二〇一五年八月九日の早朝
ポストに手紙を投函《（だし）》に行く道すがら
独り言《ご》ちて
そういったあと
瞬間　眼からはボロボロと涙を零《こぼ》し
（よう生きとった！
　よう生きとった！）と心の中で何度も何度も

…改めてそう思って気持ちを引き締め家宅の前の道路でラジオ体操をすることに――
これからも
息の続いているかぎり生きていかなければならない――そうであればのこととして
わたしは気持ちは弱い…が
意志は強い（と自分では思っている）
そんな意志と気持ちの〝引っ掛かり〟のあいだで
被爆後70年の時間《とき》を重ね　だから
もういつ果ててもおかしくない身であって
…ならばいっそのこと
あとは「清く正しく美しく」
あの宝塚の美女たちの如くに
無垢で純粋…（余分なことに気など使うこともなく）
最期《さいご》の秋《とき》をじっと待って…と…

*

体操のあとは
読売新聞西部本社長崎支店の若い記者が
取材土産に持ってきてくれた文明堂のカステーラを一片頬張り《ひとかけらほおばり》
あと朝食後分の薬を呑んで
やがて　一〇時半からの
「ナガサキ原爆被爆平和祈念式典」放送に備える（ことに――）
そしてそこで思った！　わたしは！
最後の思想的な思いの詩集としてつくった『「亡国」70年考』の意味合いを――である
身近な者を除いては〝戦後逸れ鳥〟のわたしの詩など分かってくれる者はおるまい・・・と
と　そこでのことの序《つい》でとでもいうように
七月に入ってここのところ聞かされつづけの被爆者たちの「昔語り」が何となく空々しい
　ものに思えきていて――さえ
（いやいや
そんな他人《ひと》のことなどいっていられない――自分の先行きももうあとちょっとハッケヨ
　イヨイアトガナイ――他人《ひと》様のことよりも手前《てまえ》のことが）
となればなおいっそう　心を洗い・清め

平和への思いとしての誓いや祈りの域を超え〝逸れ鳥〟の道に徹し切ることにせねば
…そうこう思っているところでちょうど
あの70年前の午前11時2分に還って――
でわたしもテレビのまえで他人《ひと》に合わせて瞑目黙祷――
原爆犠牲者たちの御魂に己のいまの心を重ねに重ねて
いうまでもない　死者はもちろん物は言わぬ（いうはずがない）そして
わたしももうすぐ言えなくなるってこと…
が　やがてその時《とき》には　物言わなかった人たちとの「昔語り」を仕合おう――と
…そう思ったとき
思わず瞑《つむ》っていた両の目からは涙がぼろぼろと零《こぼ》れ――
なおくどいいようにいいに思ったのだった
これでよかった
これも生きていればこそのこと！（と）
〝逸れ鳥〟である者としての生命《いのち》の意味をも改めて
で　そのときわたしは
アメリカのヒロシマ原爆投下とかかわったクロード・イーザリーの苦しみも同時に想い浮

かべ
併せて〝逸れ鳥〟に果たして
空飛ぶ〝羽〟はあったか？……とも

＊‥生きとったとばい——生きておりましたね（対馬方言）。

（『戦後〝逸れ鳥〟悲歌《エレジー》』らくだ出版、二〇一七年八月）

わたしの「日本国憲法」考
——未来の子どもたちへ引き継ぐものとして

元小学校教師であった者としての「憲法」についての思いを述べるとするならば——

一　現憲法の絶対的平和主義を堅持する。（したい。ぜひとも。）

但し、現実的な対応上、それに九条第三項を付加し、自衛隊の活動を、あくまでも自衛のための個別的自衛権に限定する。

なおさらに、絶対平和主義の理想実現のために、無抵抗主義の働きかけを、全世界に展げていく。（いきたい。）

（なお憲法自体からは離れるが、三項の付として——）

現状の矛盾克服のためには日米安全保障条約、それに伴う地位協定を廃除し、真の主権国家としての姿を確立すべく最大限努めることも。

——以上

そう胸の内で思い　口ではなく体全体で——

（わたしは憲法学者ではないので　それ以上のことは知らないし　いえない「消極的正戦論」というらしいのだが……）

話は自分自身のことになりますが

わたしは15歳のとき　ナガサキでの原爆の被爆者です

……で　そのときのショックからは一生立ち直ることができなかった――自分の体からウジ虫が湧いてでる

（それとあと一つ――）

はじめて見た自分の小便がチョークの粉を融かしたような白濁だったこと――

辛うじて命はとりとめはしたものの　この自分の「肉体」の上での二つのできごと＝ことがらからは全くもって抜けでることができなかった

で……そんな精神的なショックを引き摺りつづけている気弱者に声を掛けてくれる人など

いるはずは……戦後とはそんなムード（で）

というより　それぞれが　それぞれの自分の手と口で日々のメシを食い繋いでいくのにやっとこさ

（という）――そんなときでのこともあって（またそれが世間というものの習い性という

ことでも）
…で　わたしは当然のように終生の孤絶者でっ!!
が　そんな〝逸れ鳥〟がでありますーー国が初まって以来初めての戦争に敗れ　食うや食
　わずの暮らし向きのなかにあって　唯一得ていたもの
…といえば　それは!?
占領軍　アメリカ国の呉れていた「憲法」！
それを尊いものと…いってみればそのーー憲法があったからこそ　敗戦後の73年間をわ
　たしがなんとか永らえることができた…と胸の内では
家族以外の者に目をかけられることのなかったわたしのような者なれば（なお）
それと
そんなあいだにあっても（わたしをも含め）
多くの人や人の胸の内にも　それとなく刻まれていたもの　それも…又同じ憲法（で
　あったはずで）あの「世間」の人たちもか（？）
むろん　暗黙の〝無意識裡〟のこととしてではあるにせよ
とりわけ　わたし如きは〝逸れ鳥〟なれば
さらにそのうえ「丸腰」の無抵抗でいつなんどきたりと死に就ける覚悟をも（自虐的にい

うなら〝皇国少年〟として　その訓練だけを積み重ねてきていた者なれば）
が　事は曲折している　世はさまざま＝人はまちまち――わたしが家族の扶けによっての
　み急場を凌いできていたように
だから
現実的に息をついている　その分の思いとしては　わたしは
「わたしの「日本国憲法」考」には
あえて三項目を付則の形で付け足したってわけ
まだ息のあるうちに　もしできうることなら
世の中　すなわち自分の生まれ育った祖国――それだけはまず他国の支配を受けることな
　く　自前で一人立ちした国家であってもらいたいものと切に切に願いを込めながら
そしてそしてそこから――自前の判断によって全世界に向かって対していく（いきたいも
　のと）
又わたしが
「「日本国憲法」考」に付として三項目を掲げたのは
無意識共有者たちといっしょに　その憲法を守りたいから（でもあって）
あえていうなら

世界で
唯一　原爆を受けた民族同士として――（と自分をそう納得させ）
それを　未来を背負いながら子どもたちに引き継ぎたいもの‥‥
と　そう心に強く願いながら――
いま　国を守りつづけるということとかかわって確たるもの・こととしてあるのは
　　それだけ‼
人は各々各人各様
なれど
このことに関してだけは信じ合える間柄でありたいものと‥‥そう強く希って――
日本国の国民の皆さん
　よろしくおねがいしますよ‥‥ね

（『末期の水の味は？』らくだ出版、二〇一一年二月）

曼珠沙華に力を借りて――〈詩のコトバ〉でそれを

わたしは
80歳を過ぎて最初に出した詩集『呆け老人哀歌』に
こんな詩を載せたことがありました
「曼珠沙華が空に突き出た風景」という小詩としての――つぎなるはその書き出し――

曼珠沙華が
秋の地面からワッと湧いてでると
あとはもう狂瀾《きょうらん》
途方もない秋嵐にはもう手のつけようもない（と）

目の前に葉っぱはありません
秋の空と
華麗で優美繊細な美しい花があるだけで
でも　そうではなかった

わたしの胸の中というのか――体中《からだ》にこもっている言葉
・・・・にならない言葉の陰影《（かげ）》なるは・・・・
それは
「秋の地面からワッと湧いてでる」花の力《ちから》のようなもの
いや
彼岸を過ぎての
冬
春
夏
と繋りに繋っていた　あの細うい緑の葉っぱの群がりっ
それが
いま目の前から消えている
　――その力の元《もと》
　　いや基《もと》いっ
それを
わたしが詩《ポエム》を思い浮かべながら

——これこそが口先言葉ではない「内臓言語《ないぞうげんご》*」の素《もと》！
　　　　　　　　　　　　　　　　　（と理屈っぽく）

なおそれに
80歳すぎての己の命やいのちを付け足して
・・・・と

さっきのあの「・・・・言葉の陰影《かげ》」
　　　　・・・・あれは？

肚《はら》の中で
いのちと融け合っての〈沈黙〉（？）
そしていま〈詩のコトバ〉として——それは
「曼珠沙華」なる名の〈花〉に化し（おりて）
と・・・・

〈花〉は〈わたし〉
その
〈胸の内〉のシンボライズってことに（？）

＊「内臓言語」――「口先言語」と対比させての、心底から湧き出る言語の本質を指しての意。

（『わたしの花図鑑』拾遺、二〇一九年三月）

第二章　「ナガサキの証言　被爆者は語る」

はじめに

私は畑島喜久生と申します。15歳のとき、長崎家野郷――爆心地から1・9キロメートルのところで被爆し、現在91歳。そして前立腺癌による「原爆症」認定者としての命を、いまなんとか永らえております。

被爆前の暮らし

生まれ故郷は、朝鮮山の見える対馬の北端。そして漁師の息子です。ちょっと口はばったいいいかたになりますが、子どものころは勉強がよくできていたらしくて、それで学校の先生が、このまま田舎においておくのはもったいない、ということで、私の親に誘いかけてくださり、対馬の果てから玄界灘を渡って、長崎の学校に行く、ということになったようなのです。

長崎師範学校に入ったのは昭和19年の4月。……ですけれども、勉強をしたのは一年生の半ばまでのたったの半年間。その後は学徒動員で三菱兵器の大橋工場に配属され、魚雷の部品つくりに励み、そしてその途中、道ノ尾の赤迫《あかさこ》というところにトンネル工場ができて、そこで働き、そこでの夜勤明けの8月9日午前11時2分、あの一瞬の閃光を浴びた、というわけなのです。

8月9日

いま申しましたように、そのときはちょうど夜勤明けで学校の寄宿舎にいたときです。そして、原爆が落ちる一週間前、Ｂ29による空襲で、本校校舎はやられていました。50キロ爆弾で。その時の校舎はというと、学生はいなくて、ただの三菱兵器の食料倉庫。当時は、腹が減ってどうしようもない状態つづきで、もしや、と仲間といっしょにその倉庫代わりの校舎に入り、〝コメ泥棒〟を働らいたという次第で――泥まみれになっているお米を拾って持ち帰り、その米の中に混じった石のとりだしをしている最中ピカッと――。で、もう飯盒炊爨《すいさん》どころでは。もちろんそのとき、原爆なんて分かっているわけはありません。……またあの一週間前に落ちた爆弾かと（?）。で、凄い音を耳にしながら、咄嗟に床に伏せる。目と耳とを両の手でしっかり塞いで――。

……あとどのくらい腹ばいになっていたかはこれも分かりません。が、目を開けたら周りは真っ黄色。いきなり私がすぐ廊下に飛び出る。と、廊下の突き当たりにいつもの四角い窓が。で、私は大きな声で、「逃げ道はあるぞ！」と叫んで、そして一目散に四角い明かりの窓の所へと。でもそこは二階。でもでも飛び降りるより外には――。と、目の前すぐ下に地面が……寄宿舎は既に傾いていたのです。……そのあと私は、自分がどうしたのか記憶は全くありません。窓の枠から飛び降りた後は。そして気付いたら、学校の裏山のサツマイモ畑に――。あの、いつも飯盒炊爨《さん》をやっていたいつもの。……そのあと、意識が少しずつはっきりしてくる。と、後どんなことが――。

私より一学年下、と思われる一年生の生徒達が、一目散に私のいるサツマイモ畑目掛け口々に「助けて……助けて」と。しかも、着ている服の背中はどれもが燃えていて。で、もうびっくり。そしてそして、その者達の顔をよく見ると眉毛も睫毛もが一本も――戦闘帽から下に見えている顔のどこにも。……と「俺もか」と。そのとき初めて自分のことに気付いていたのでした。私のばあい、頭髪がないと……帽子は被っていなかったので。そのときちょうど「黒い雨」が……そのことはいまでもよく憶えています。……とにかく辺り中はもう地獄図――イモ畑の下の農家が屋根から燃え立つ。牛舎や馬小屋からは、飛び出した牛や馬が狂ったように逃げ回ったりも……すると、私がさっきまでいた学校寄宿舎つづきの炊事場までも燃え始めて、それもアッという間に。あとはもちろん寄宿舎もが。……と自分も、いつまでもイモ畑にいるわけにはいかない。で私はとりあえず、学校の校門まで。……と思いの通り、そこには数学のM先生がおられ、目をばギラギラさせ、しかも日本刀を振り翳し、そして「自分の足で歩いていける者は、ただちに長与国民学校の講堂に行け！」と。……ここでやっとこれからの自分の行動の仕方が決まることに。そして長崎駅の次が浦上……次が道ノ尾……その次の駅が長与と、頭に――。道ノ尾まではよう分かっていたのです。赤迫のトンネル兵器工場に通っていたのですから。で、とりあえずはそこを目掛けることに――。

と……そこには、日本婦人会の白い割烹着を着けたお母さんたちが、道端には机を置いて、その上にはいくつもの壺を乗せ、そして応急の手当てをば――私には、顔から胸、それと左腕にそれを塗ってくださり――で私が、「長与まではどうしていけばいいのか」と。すると、「道路だと迷うかもしれないので線路を伝って」と。で私が長与方面行きの鉄道線路にと。するとです、その線路の上には腹を上に向けた蝉がごろごろいっぱい――そのときの光景は今も忘れられません。そしてやっとの思いで、目的の長与国民学校の講堂に。当時「師範学校」というのは県に一つしかない官立（国立）の特別学校。そんなわけでか、あの混乱の中でもそこを借り受け、避難の場所にしてあったらしくて……やっと私が目的の長与の学校に着いたのです。と講堂の入口には心理学の先生が立っておられすぐに、居場所の指示をば。私は、入った左手の入口のすぐ近くにと。で、そこが私の避難の場所になったのです。

……そしてその日の夜――周り中が一瞬ピカッと。……と、もう大変の大変の大騒ぎ――動けないような者達までもがドッと講堂の入口へと。昼間のあの閃光の記憶が甦ったからなのでしょう。いや体意識か？　ともうみんなが、人や人の下敷きになってしまったり――で呻く者やら狂いだす者やらの大混乱！（これは後で思ったことですが、「人間の生存本能」は凄いものと。）

そんなこんなのあと、何とか学校の裏山の横穴防空壕に私たちは――。そのときです。まだ若い数学の先生が「今日――昼のあの爆弾は普通の爆弾ではなさそう……新型爆弾なのかも……」と。師範学校の先生レベルでも、大人たちのばあいそのことが既に分かっていたらしい、ということ。

それから何日か経ったとき、私の隣に寝ていたSさんという一学年上の者のところに見舞の方が――。そしてそのSさんに丸い手鏡をば……。と、驚き――そこに私の顔も映っていて。Sさんの顔が黄色く腐りかけているのは知っていました。そしてそれと同じ毛一本もない自分の腐蝕しかけの顔が……いま。でももうその時にはそんなことには驚かなくなっていて。……「なるほど……」としか。

そんな間でびっくり仰天もいろいろいろいろと……一つだけその中から抜き出していうと、仲間の者達が死ぬ。……とそのときには、決まったようにだれも立ち上がり、のけぞって、「天皇陛下万歳」とか「お母～さん」とかと。……がそうやって絶叫できる、ということはまだ体の中にそれだけの力を残していた――いわゆるただの自然死ではなかった、ということ。これもあとで考えればのことですが――。

大村海軍病院へ

……そして、そんないろいろなことがあっての五日目の朝――何か周りがざわざわがさがさ……で、目を覚ましてようく見ると、当時警防団と言われていたおじさん達が。講堂に寝ている私たちの仲間を担架に乗せて運びだしておられるのです。そしてそれが、私の所にも……もちろんどこに連れていかれるのかは分かりません。……と、着いたところは石炭などを運ぶ貨車の中。そしてそこで私が明け方の空を見上げ、ゴトゴトという音を耳にしているうち気づいたら、その貨車から降ろされ、と今度は、男の人とは違う若い女学生らしい人の担架にと。…………私が、あの長与から大村の駅に辿り着いていた、ということ。…………というのは、大村には、私と同じ長崎師範学校の女子部があって、その学生さんたちが、私を運んでくれていたということなのです。そしてです。いまもありありと想い浮かべることができるのは、担架に乗って喘ぎながらも、目の横に美しい緑の田園が一面拡がっていたこと――。

そして病院らしいところに着く。とすぐ、素っ裸に――、その玄関先でただちに治療をば。――火傷の部分には真っ白なドロドロの薬を、その上に包帯をぐるぐる巻いてまるでミイラそっくり…………。あと兵隊さんに支えられて個室にと。ベッドではない畳を敷いた床の上にです。そこには私を含め、五人の同じ学校の仲間が――。

そしてその夜のこと、「日本」という自分の国が戦争に敗けた、ということを耳にしたのは。夜の廊下での兵隊さん達のヒソヒソ話の中で。「男はみんな運動場に寝かされ、ローラーで敷き殺される（らしい）…………で女は山の中に逃げねば（というような）――。

それはそれとし、そんなことより、私にとって一番ショックだったのは、自分の体からウジ虫が湧いてではじめたこと！　正しくは、包いている包帯の隙間にハエが卵を産みつけ――それがウジ虫になって這い出すという――。で、衛生兵さんたちがそのウジをシャーレという丸いガラスの中に、ピンセットを使って一匹一匹ていねいに拾い出す。…………もう絶望というのか、なんというのか——。

……そうこうしているうち、私の部屋にいた五人のうちの三人が死ぬ、次から次と。で、あと残っているのは二人。そのうちの一人は耳が腐っての耳無し小僧に——というのは、この一学年下のYは軍事教練をしていて、運動場で、丸ごとあの閃光を浴びていたということ。でも息はかすかに繋がっており、が憐れ——。

白濁の尿が——

そんなこんなの間で、どのくらい経っていたのかはよくは分りません。が私が歩けるようになっていたことだけは確か。ある日軍医さんから呼び出される。そして三角フラスコを渡され「トイレに行っておしっこをとってきなさい」と。……で、命令どおり自分の「ちんぽこ」をフラスコの口に入れる……とです……そこから出てくるのは、チョークを溶かしたような白く濁った水……で、もうびっくり！　そして恐る恐る軍医さんに——と、それを透かし見しながら、「あ、やっぱり……なるほど⁉」と一言。話は少し前後しますが、大村の海軍病院に入ってからは「水を飲め、水を飲め」と、水飲みを強制されつづけ。普通、火傷の場合は、水は禁止されているはずなのに……。やっぱり軍医さんは知っておられたのです。火傷が普通のものと違って放射能によるものであることを。（もちろんこれも、後で考えて分かったことですが。）とにかく水を飲まされ……というのは、放射能を小便として体外に排出させる——そのことを日本の海軍は既に承知していた——八月九日の爆弾が新型で、しかも放射能を含んだ「核爆弾」であったことを。それを、後で知ったことと絡めていうと、長崎に原爆が落とされた三日前——広島でのその後でのこと——核研究者の仁科博士が、無傷の死者を選んで内臓を取り出される——とそれがグニャグニャのグシャグシャ——放射能は人の外皮だけでなく体内にまで——体丸ごと侵してしまっていた、ということなのです。……そして私は、そのような「何か変だ、おかしい？」ということに気付いたり感じたりしながら少しずつ元気に——で、周りをも見回し、自分をも少しずつ振り返れるようになっていたのです。

故郷の対馬へ

……そんな中で、奇跡というのか、巡り合わせというのか、私は、一つの幸運に恵まれることに――。「畑島」という自分と同じ姓の衛生兵さんと出会うことになっていたのです。

ある時一人の衛生兵さんが、「君は畑島か?」と。…私にいきなり――で、私がその兵隊さんの胸の名札を見ると、そこには自分と同じ名前が。…もうびっくり。そして事は、思わぬ幸運の方へと向かっていくことになっていて。その「畑島」なる衛生兵さんが、私の郷里の実家に、「あなたの息子さんは、今生きて大村の海軍病院におられる。」と知らせてくれたらしくて――。その衛生兵さんは私の隣村の舟志《しゅうし》の方、それと「畑島」なる姓は対馬にしかない――そんなことが、私にとっての大いなる幸せを呼び寄せることになっていた――そうなるようなのです。

…そしたらある日ある時、対馬の果てから親父《おやじ》が…リュックサック一つを背負って。そして私の顔を見るなり「よう生きとった!」と抱きつき、さめざめと――。

――その後幾日かして父が、病院の許可を得たらしく父といっしょに海軍病院をあとに――父の持ってきた白の体操ズボンと白の開襟シャツを着、それに、病院が用意してくれた火傷薬の入った丸い缶をぶらさげて。

…と、驚き桃の木――大村駅のプラットホームには薄っぽい青色の軍服を着た兵隊さんでいっぱい。戦争に敗け…郷里の家を目指してってこと――。そんな混雑の中、やっとこさ私達親子も列車に――と兵隊さんたちがあろうことか自分の席を空け、座らせてくださり、ありがたいったら――。と、ときにそんな間で一つ困ったことが……小便が……。でも、幾ら何でも窓からというわけには。……と、それに気づいた兵隊さんたちがすぐ、「この坊やがトイレに行きたい、と……で、皆んなでボール送りで」と大声で……。あと、私が兵隊さんたちの頭の上を、ゴロゴロゴロゴロ――往きも帰りも。いやそれは、「ゴロゴロ」ではなく、優しい手触りの仕草の〝音〟。そしてです、そんないまなお忘れがたい兵隊さんたちの好意に支えられ、やっとこさ私たち親子が目的の博多にと。……あと、その日の夕方、漁師でもある父が見つけ出してきた運搬船でまずは対馬の厳原に……なおそこから先は別の船を探しだし、実家のある佐須奈へと――。

実家に帰り着く

やっとこさ懐かしの、いや憧れにさえなっている我が家が……と、そこで待っていたのは、こんな驚きが――父に連れられて帰ってきた私を見ると、いきなり「あ、バケモン！」と妹が。――白服姿、しかも頭にも顔にも毛一本もない、片手の腕には包帯を巻き、もう一方の手には缶をぶらさげた男の姿を眼に、びっくりして家の中へと――。そのときの妹は7歳のはず――私にとってのその肉親は女の子・・・・。で、その時のハプニングは、いまなお忘れることができません。兄であった私としては。

そんな驚くようなことのあったりした後、私は、火傷の治療のために、毎日村の病院にと通いつづけ、そして、そこでの医者の見立ての言葉は、〝原爆病〟ということで――。ときに、そんな間で、私の耳に入ってきていたショッキングなできごと――隣村にいる被爆者仲間の同級生のHが、死んだ！　と。髪の毛が抜け、全身赤い発疹だらけになって、しかも食べたものはみんなゲロゲロ、と――いわば「白血病」ということ――苦しみ悶えながらの〝原爆死〟――。・・・・で、自分もいつそんなことになるのか・・・・と。

そのころ私は、もう学校には行くことはないと――。なぜなら自分たちの国はあの戦争に破れ、本当は失くなってしまっていた（のですから）。でもその学校から突如、勉強を始めるから、出てこいと。

そしてそして・・・・それからの学校生活は食うや食わずの三年間余。・・・・でもなんとか学校を卒業し、郷里の学校の教員にと・・・・苦しい苦しい戦後《せんご》の学生生活だったということ・・・・もう言葉になどできないような――。

教員になって、あと東京へと

対馬の学校にいたのは五年間でした。その二年目の頃から、私は東京にと。…あと一回勉強を仕直したい――そう思うようになっていて。――で四年間はそのための準備――節約に節約を重ねての。というのは、戦中・戦後での自分の学びと力の欠乏感、それに耐えることができなかった――いわばその無学力へのやるせない思いのなせる業！

…そして幸いにも、東京での小学校の教員にはすぐに就職――で、そのあと半年後には大学（国學院）への編入学をば。で、昼は小学校の教師、夜は大学生――。そしてそのころから私は詩を書くようになっていたのでした。この被爆者としての思いをポエムにと――。

東京での教員生活は、それなりなんとか順調に進めることができました。そしてそんな間で、28歳時に結婚。いうまでもなく、彼女にだけは、自分が被爆者であることも話して。上京後、一切誰にも、「被爆者」である事は口にしていなかったそれを。なお、胸部に薄く残っているケロイドをも見せ。そして結婚後二年目――30歳のときに「被爆者健康手帳」の交付をも受けて――。

被爆体験を授業として子どもたちに——そしてそのとき

さっきもいいましたけれど、私は、妻以外の者には自分が被爆者であることは、固く胸の内に伏せて一切語らず……というのは思い出すのが怖かったから、それと常に「白血病」への危惧と……懸念とが……。それに加え、「原爆病は染《うつ》る」というデマゴーグのある事も知っていて。……でもでも、それがあるとき思わずフット言葉に——。

そのとき、私は一年生を担当していたのです。そして外は生憎の雨。で、体育の授業は、室内体操ってことに。そのとき私が、「先生が戦争の話をしてみようか。」と——。……結果として小さな一年生の子どもたちが、45分間身じろぎひとつせず、私の〝原爆体験〟をばじっと聞いてくれる。のみならずあと「先生、戦争の話をして……して！」と。……考えてみるとそのときの私の心は緩んでいたらしいのです。50歳になり、ちょうど息子が成人式を済ましたりもし、たとえ自分が死んだとしても後は何とか、ということで……しかしそのあと、ここでの事実は少しずつ発酵し（つづけ）ついには、この思いをいつしかは子どもたちにと——しかもしっかりきっちりとした教師による本格的な「授業」として、と。——それから、その3年後、私が長崎に行く（ことに）。……と、被爆以来、35年を経ってのその街はきれいに復興していて。——そしてかつてのそこを三日間歩き続け、さらには、ありとあらゆる原爆資料をも蒐《あつ》めたりと・・・。なおそんな間で私の心の中では大きな変化が——。しかし、それをすぐには表には出さず、ずっと暖め続け。いや発酵化を願いながらか（?）。

そしてその3年後、私は学校を取り仕切る校長になっていて——56歳時に。その半年後、学校にも慣れたその頃、六年生の学年主任から頼みが——「校長先生、ぜひ、原爆のお話を子どもたちに——」と。そのとき私は即答した——「やらせていただきます」と。但し一つ条件がと・・・それは「カタリベ」としてのただの話し聞かせではなく、本格的な「授業で!」と。・・・それからです。わたしの教材つくりが始まったのは。猛烈極りないほどの。

最初につくり出したのが『ナガサキの空』（らくだ出版）。被爆の体験をノンフィクションにしての。それを私的な自家本としてではなく、公的な出版物として創りあげ、なおそれを、授業として使う前に広くメディアにも公開して、と。すると、それがすごい話題に——。「校長先生のつくった原爆の本」として。おおげさにいうなら「朝日」から「産経」まで・・・。あとそれを使っての「授業」、しかも公然と。自校の子どもたちに——。

つづいては五年生の教材——これは「平和像を作った北村西望」という自分で作った教科書（学校図書）の伝記教材を使っての。四～三年生には『ナガサキの花』（らくだ出版）

というフィクションで。……いまここに持ってきているのは『よみがえった　すずむしのうた』（岩崎書店）という絵本ですが――その出だしはこうなっています。（本を示す。）

「「75年かんは草一本生えてこん」おじいさんがいいました。」（一〜二頁）

つづく（三〜四頁）には

「「75年虫一匹生まれてこん」おばあさんがいいました。」

「しかし、わたしたちは生まれてきていました。

そして、浦上天主堂《うらかみてんしゅどう》の草むらの中でいまないています。」

と、つづけ（五〜六頁）に――。

事実、その通りに虫や草たちは、あのピカドンにもめげず、人間の予想を裏切って生まれ出てきていたのでした。……その自然のもつ逞しさを子どもたちに感じとらせる！　それがねらいどころ、それを果たす。これは二年生用の教材なのですが、つづく一年生には

『かげになった　いちろう』の絵本を。がしかし、この分は本づくりが間には合わず、原画としてのそれを紙芝居として――。（後日、らくだ出版から出しましたが。）

……そうやって、六年生から一年にと順を追って全校児童に「平和への祈りの授業」をする、行う。そしてその最期の授業を、校長退職時を一一日後にひかえた3月20日に――。その時には、たくさんのメディアや出版関係者の方々が見えられ――が、その頃はまだ写真もフラッシュ時代……で、一年生の子どもたちの気が散って、散漫気味の授業に（なってしまったのかも……と。）

そしてその翌日です。府中駅で朝日新聞を買うことに。それを車中で、……と、思わず涙が溢れるように……長い私の宿願だった被爆の思い、それと重なった平和への願いが、ひとまずここで子ども達に……ってこと――で、ドッと！

今、思うこと

そのあと私は、大学、保育専門学校と、80歳になるまで教師生活をし続け、そんな間でも子どもに読ませる詩――即ち「児童文学詩」にも手を出したりし、ひたすら原爆と関わってのその平和への思いを、子どもたちに伝え続けたいと一心に。……そして教職を退き――とです。なぜか最後の最後にどうしても「日本国憲法」への思いが……。で、それを『末期の水の味は？』なる憲法論詩集として――かつて「教師」であった者が。「それがこの本なのです。（私にとっての106冊目の本を示す）。

考えてみると私がこうやって今も生かされ、子どもや学生たちに平和の思いを伝えることができる（できていた）のも、「日本国憲法」あってのこと、〈公正なる正義〉としての自由と平等の民主主義を基本とする秩序ある平和社会の構築――なればこれを崩すようなことが絶対にあってはと――そしてその深い思いを形として後世に残しておかねば、と。併わせて、15歳のあのとき、一度――九分九厘死にかけた命を救ってくれた人達への感謝の思いをもいっしょに、と。なお　あの日あの時　大村の海軍病院からの帰り、混雑し切った列車の中で頭には毛一本もない私を、大玉送りでトイレに送ってってくれた「日本人」同士としての兵隊さん達にも――と。……今76年が経とうとしているこの時の今《いま》、現在!!　本の献辞としては「ナガサキとフクシマの死者の御霊にささげる」とする――それを。

おわりに

……そうやって、生きてきた己の平和への思いを92歳の死に際を前にし、そんなとき、「ナガサキの証言」としてのインタビューに応えさせていただいた、ということは、光栄の至り、感謝の極みで——これが、いま初めて「カタリベ」として、77年もの胸の内を語らせていただいた者としてのお礼の言葉——本当にありがとうございました。厚くお礼申し上げます。

＊註　本稿は、「ナガサキの証言　被爆者は語る」の後、インタビュー原稿として作っていたもの、それに加筆修正しての——ご諒解を。

第三章　フクシマ
――わたしにとっての〈災後〉

（1）現代詩の部

いま「3・11」について考える——というときそれは

わたしはいましきりに地球上での人類が亡び去っての——いわゆるそこにあっての人の
「生／死」のことを思ったり考えたりしている（のだが）
そんな折　たまたまかつての「3・11」と呼ばれる東日本大震災について書いた『東日本
大震災詩集 日本人の力を信じる』『東日本大震災詩集　いま「災後」の日本人の力が試さ
れている』を読むことに——とこれが凄くいいのだ！
いま　しきりに取り沙汰されている人類の歴史の終焉を間尺に入れた——そこでの人間の
「生／死」についても　それなりの見通しがつけられていて
いまからすでに九〜八年前に（である）
人間が亡びるといっているのではない
しかしいまは亡き　数知れない人の死の事実そのものとして
そしてそれは——生者の論理としてではない　死者との共生の論理として浮きでてきてい
て

例えば　前――二つの詩集から　それらの言葉を拾うならば以下のように――
「自然への人の驕慢――その克服は至難らしくて」
「合理主義って知っています?」
「人間中心主義ってご存じですか?」
「科学信奉って?」それらは……文明――文化といわれる人間の過信状態を表象する言葉
「このたびの自然の猛威が教えてくれたものは何?　とつづいては　そこで原子力を含めての科学が極めなければならないことは?　自然の偉大さを本当に識ること　極めることと（なのでは）」
それらは全て反語的には文明過信への警告と受けとるべきもの――でとなると
「科学信奉絶対は止《や》めなければ……
合理主義絶対を放擲しなければ……
人間中心主義には蓋をば……
市場経済万能には歯止めを……」と
なお
「復興――復活」というときには「生者」のみでなく「死者」とも〝共生〟しようとしている――すなわち　生者の論理を一歩控え　その控えた分で「死者」に向けての想像力《イマジネーション》を

膨らましていく――ということ等々・・・

・・・どうであろう　ここにはいましきりにいわれはじめている「人間以後」と銘しての哲学が既に八〜九年前に語り尽されている　そうなるのではないか

75年前のナガサキでの原爆被爆者の言葉として――

あの「3・11」におけるフクシマ原発事故を目の前にしての――あの原爆は人類の歴史を変えていた――21世紀において

がしかしそれは人為の範疇内でのこと

が　いま眼前での「3・11」におけるフクシマ原発事故は自然による人類最大の科学的最先端の破壊――

地上の人間がこのまま残っている保証はどこにもないというその証《あかし》（としての）

だからそれは　原爆の核ともチェルノブイリの核をも上回っている――人為を超えてのものとして

が――というときにも人は何としても生き残らなければならない　これが当面の課題――いや終生永遠のか（?）

――というときそれは「生者の論理」としてではなく「死者との共生の論理」でなければということ　そうなるのではないか（?）

それをわたしは二〇一一年三月一一日午後二時四五分　八一歳の「原爆症」患者として直
　感＝直覚していた（のだった）
いま考えると「人新世」を生きる「人間以後」の哲学の先取りとでもいっていいものを
しかししかし当時わたしの二冊の詩集はどんな反応も喚ばなかった全くもって　世はまだ
当時――原発の「安全神話」に侵され尽しそんなことなど‥‥
ときにわたしはいま　90歳も半ば過ぎ――というとき
己の間近かな死の前で終末的な人類の歴史に思いを致し　あの物言わぬ死者たちのところ
　へ行こうと
　――そんなときにおいてである　慚愧の極みといわねば（ならない）
と‥‥いまアメリカでは「一国主義」を掲げたりしての大統領選挙で賑わっている　なん
　たること　笑止の極み！
そのことと連ねわたしは　ヒロシマ・ナガサキを抱え　さらには「3・11」の東日本大震
災におけるフクシマ原発事故を己たちの身につけながらの――そのことを忘却しての社会
　的現実というのではないのかと（？）
それが政治の場でのことならなおさら――それはそのまま具体的現実ということになって
　いくのだから

なれば「笑止の極み！」ともいってはいられない（ということで）
悔しいったら！　他所の国のことなれど・・・・なれば己の国こそはとも！
（「少年時代の教室」〔以下同じ〕）

いい本を読んだもの

『「人間以後」の哲学――人新世を生きる』（篠原雅武、講談社、二〇二〇年八月）という
　いい本を読んだ　最高の
で「エピローグ 2020.3.11」を読み終わったあと「はじめ」にと「プロローグ 2019.8.3」を
　読み返すことに・・・・
いわゆる「人間以後の世界」をめぐる考察の再確認を（である）
そのエピローグには
あの「善の研究」で有名な西田幾多郎のつぎなる言葉が引用されていて――それはまさに
　詩の本質といっていいのか――求めるべき方向性が重なり――即ち
「形なきものの形、声なきものの声を聞くといったもの」（西田一九八七b、三六頁）と

いった

わたしは詩を書く者として　その己の分として見えないものを見えるようにする　聞えないものを聞こえるようにする——それを詩の言葉によって　超論理　又超倫理　さらには己れ自身の用いるその言葉をさえも超えた超言語として　いわば言語の極北に届くことでの詩言語の営為として（と）

ときにその「見えないもの」「聞こえないもの」とは何？

それを本書とかかわらせるとき　それは——

「人為的世界」を超えた「自然性的事物の世界」（であり）——たとえ人間が滅び去っても存在している　その世界への気付き＝即ち「人間中心主義」なる西洋近代的合理主義からの脱却　そういってよかろう（よいと思う）

いわば「ポストモダン」＝「脱構築」をも超えての——

わたしは現職を退いた翌年の八一歳時——あの東日本大震災と呼ばれる「3・11」と出会っていて——

ときにわたしは　一九四五年八月九日11時2分　ナガサキでの原爆被爆者！　で　そのときこれまでの「人為的人間世界」は終わった・・・・と思っていた　直観としてヒロシマ・ナガサキでの原爆・・・・その後の一九八六年四月時のウクライナにおけるチェルノブイリ

原発事故——むろんそれは　人類にとっての大きな終焉的革命ではあるがまだ人為的世
　界の範疇であると
がしかし フクシマ原発事故はそれとは違っている——本質からして
人類科学最先端の核の施設を大津波が襲った（という）——人為としてではなしのまさし
　く篠原雅武のいう「人間以後」を示す大変革！（であって）
それをわたしは矢も盾もたまらず二冊の詩集に〈言葉〉として書き留めていたのであった
『東日本大震災詩集　日本人の力を信じる』（リトルガリヴァー社、二〇一二年四月）『東日
　本大震災詩集　いま災後の日本人の力が試されている』（らくだ出版、二〇一四年七月）
　なる
……がしかし　果たしてそれを——
「見えないものを見えるようにする」「聞えないものを聞こえるようにする」という詩の言
　葉の本旨として書きだし得ているか……は　心許無いが……
でも「人為的世界」の破滅であることは自覚自認していたし　なおそれを超えた「自然性
　的事物の世界」のあることをも（である）……がその論理化ができていなかった——（と
　いまにして思えば）
このたびの篠原雅武に拠る『「人間以後」の哲学——人新世を生きる』にであってそのこ

とを強く思わされ
また　己れの詩を書く者としての言語の極北の創り出し方としても　西田幾太郎のいう「生命の世界」として表象化し得ていたか――いってみて頼り無い　事の次第の重複（で）……そのことを　此度《こたび》の篠原の「人間以後」――「人新世を生きる」に接して深く気付かされたというわけ　齢《よわい》卆寿の半ばにして
冒頭に言った「いい本を読んだ」とはそんなこと……が　わたしが大震災詩集を出したときにはこの情報化社会からはどんな反響もなかったし　そして　そのことの証しのように――世の人たちの関心は　いまは「過去」になったヒロシマ・ナガサキの原爆にも又チェルノブイリの原発事故にも向いてなどいなくて――（わたしはそう思っている半分白けて）
とフクシマ原発事故については？
これも「人為的世界」……でなお最低と思われる「風評被害」――それに類する行為を撒き散らしさえしていて　いまなお「私たちは世界の終わりの状況を生きている」（モートン）という自覚は欠片《かけら》もない（といっていいような）
そんなとき＝ところでいまわたしは　この本を読んだのであって――
そして深く深く感銘し　思想の根本を改める――（というほどまでに）

『丸山眞男の敗北』を読んで・・・・

一一月一八日『丸山眞男の敗北』（伊東祐吏、講談社、二〇一六年八月）なる六年前に出た本を読了
小気味のいい本だった　若い学者の
丸山は福澤諭吉にならって「相対主義」の哲学を奉ずる者なれば　ことは世間の動きあってのこと・・・・でわたしとは100％異っていて――というのは
わたしは一五歳時　ナガサキで原爆に被爆し九分九厘失くしていた命の中で　幸運にも生き残ることができた・・・・が
そこでの衝撃からは一生立ち直ることができなかった
・・・・で　孤絶者！・・・・どんな相棒をもたない已一人の
一九四五年八月一五日有史以来の戦争に負け　占領国アメリカによって国が統括され　その支配下で　民族の独立が失われ
でわたしは　それを「亡国――日記抄」と題する詩に書き――羽を焦がした〝戦後逸れ鳥〟として　敗れた後の自国の戦後を見ていた（のであった）
一九六四年　丸山は「大日本帝国の「実在」よりも戦後民主主義の「虚妄」に賭ける」

（新版「現代政治の思想と行動」の後記）と書いた

「虚妄」とは「うそいつわり」のこと――するとなぜ「戦後民主主義」が……

戦争に敗れたかつての「大日本帝国」は　戦争に勝ったアメリカに占領されていて自由・

平等・主権在民なるアメリカ独立精神なる理念を与えら……れ

そんななかで一九五一（昭和26年）サンフランシスコ講和条約が締結されて

しかししかし同時に日米安全保障条約も……なおそこでは具体的な地位協定もが……

で　国際法的には独立を認められた日本国も　実質的には占領状態のまま……それは戦後

75年経ったいまも……いわば「戦後民主主義」は依然「虚妄」のまんま

わたしは何も「平和」を否定しようとしているのではない

……でも　いま二〇二〇年というとき　その「平和」もが「虚妄」ではないのか？……と

――

というのは　二〇一一年三月一一日「3・11」即ち東日本大震災によって人為の最先端科

学技術としてのフクシマ原子力発電が自然の波に浚われていったとき　人類の歴史は

「人間以後」の世界を想定させる大変革を遂げてしまっていたのだ――

もちろんそのとき　戦後民主主義〝大司教〟としての丸山はいなかった――一九九六（平

成八年）に亡くなっていたので――

…ここからは歴史を敗戦時に戻しての人類的な歴史変更の検証——
わたしを九分九厘死なせていた　あの敗戦五日前のナガサキでの原爆投下さらにその三日
　前六日でのヒロシマについての——
丸山はそのとき広島の宇品暁部隊《あかつき》にいて爆心地を視察し「マグロを並べたような」道端で
　の死体を目撃していたのだ（った）
その彼は数十年経っても死者を出し続ける被爆の現状について「毎日原爆は落ちている」
　とこの問題にも向き続けてはいる　がその思想化はなされなかった（のでは？）
専ら主力は「戦後民主主義」の「虚妄」に賭け明け暮れ——（て）
被爆者でありながら右のような丸山の被爆への関心の程はよくはわたしは知らなかった
　…のだが
ときにそれを占領軍との関係でいうとき　占領軍の一員であった政治哲学者アメリカ人の
　ジョン・ロールズは　偶々ヒロシマの惨状に触れ　自国の犯した罪業を深く詫び　謝罪
　の言葉をいち早く述べていたのであった
あの『正義論』のアメリカ人が…彼が原爆をば人類史的に捉え　人為としての大変革と
　認識していたかどうかは知らぬ（が）
ときにわたしは…丸山のことは知らなくても　そのジョン・ロールズのことはようく

知っていた（そう思っている）
わたしは初めに　丸山は「相対主義」の哲学を以ってする思想家といっていた
それに対し卑小な孤絶者〝戦後逸れ鳥〟としてのわたしは「絶対平和主義」者――たとえ
己れの国が亡ぼされようと戦争はしない　武器は持たないという‥‥「丸腰」とはそん
な事――そんな意味
いまなお自国を「亡国」としている者なれば――
アメリカの飛行機は　地位協定においていまなお我が物顔で日本国の上空を飛び回る
‥‥と丸山は　その「虚妄」的事実を「相対主義」の哲学によってどう処そうとするのか
――
いま氏はいない　しかし90歳になってもいまなおわたしは息をつき　羽を焦がしたまんま
の〝戦後逸れ鳥〟として　亡びたままの国での「自立」の平和を待ち望み（おりて）――
生きている（いた）とはそんなこと（だったとして）――
「大日本帝国」を亡ぼした原爆が　いま人為としての人類史的大変革だといわれている
――そんなとき　丸山の賭けた「相対民主主義」の「虚妄」は　いうところのその「虚
妄」ですらありえなかったということ（ではないのか？）
丸山が原爆を思想化できなかったとはそういう意味＝事で――

〝戦後逸れ鳥〟からの言い分としては

「当事者」と「傍観者」との相違についての所見をば

きょう八月六日はヒロシマの原爆の日
まずは　亡くなられた多くの皆様方　ならびに
被爆者として生き残り――労苦を味わいつづけてこられた方々に
哀悼の意と　ご労苦へのねぎらいの意《こころ》を捧げたい（万感の思いを込めて）
――が　わたしには〝異議〟が……一つだけ――
つぎに掲げるのは　わたし自身の今月九日が発行日の遺言詩集『末期の水の味は？』の挨拶文――

ご挨拶

わたくし、昨年の暮れ、救急車で運ばれ急遽榊原記念病院に入院しました。心不全で。

そして、病院の中で思っていました。最後の詩集として、88歳時に書いた『末期の水の味は?』だけは出して死につきたいものと。106冊目の本をば。詳細の経緯については、詩集の「あとがき」に書いてあります。15歳時、原爆に被爆しての――〝戦後逸れ鳥〟としての思いだけは、なんとしても書き残しておきたかったのです。

丸腰の「絶対平和主義」と繋げて。ご笑覧くださいませ。

原爆のショックから一生抜けでることのできなかった――そんな者の最期の悪足掻きの言をば。

あなた様のご健勝を希って止みません。世界が平和であることと共に。

二〇二〇年七月

畑島　喜久生

各位

死者は物を言わない……で　生者が原爆を語るときもそのことが原点（でなければのはず）

「死者」ではない生き残りの原爆被爆者も元々は物は言えなかった（はず）死者と同じように――
とそれはなぜ!?　どうして!?
被爆の「当事者」なれば
反証的にそれを言うとするなら
「死者」の「無言」とは乖離した「傍観者」のみがある意味での「客観者」の眼によって被爆についての惨状を語る（語り出している）――そうなる（なっていたのではないか）？
それが悪事でないことは当然のことだが　わたし自身のことでいうなら――
50歳になるまで　妻以外の者には自分が被爆者であることを口にし得なかった――いやできなかった
が　あるときふと――
そしてそのあと五年後に40年ぶりにナガサキへと――このときすでにわたしが一つの決断をば――メシを食うための〈仕事〉にそれを繋げ
で　醒めた気持ちでさまざまな資料を蒐《あつ》め――
そしてそして　56歳のとき（から）教職者の〈仕事〉として　それを「平和への祈りの授業」と銘打ち　自校の児童たちに行ないつづけ（ていて）

で「語り部」などでは決してなく（て）――いってみるなら　平和を祈りつづける「教育者」――それを「教師の仕事」＝「授業」と思い定めての！

＊

わたしは
「ご挨拶」にも書いてあるように　あの一瞬の閃光のショックから一生抜けでることはできなかった　いわば羽を焦がしたも同然の――〝戦後逸れ鳥〟――
……なれば世間並みの行動をとることなど――とてもとても……
が　息が繋がっている限りメシは食わねばならぬ
でそのためには力の限りを尽し　働きに働き抜いて――
一度捨て去ったも同然の命なればその言葉通りの「捨身」を旨とし――
ひたすら「利他」を目指し
そんな命やいのちの使い方には――いま90歳＝卆寿になって　何の悔いるところも恥じるところもなく――むしろ満足でさえ
と　あと為《な》すべきことは

物言うことなく息を引きとっていった　あの八月九日の死者たちと100％同心《どうしん》しながら生き
る（そのことの中で）〈世俗〉を捨て去った命やいのち——いわば死者同然の身柄を
　本物の死者たちの〈御霊〉の方へと（還しに還し）——
世間の人の言い＝為《す》る〈戦後〉からはなおいっそう離れ——
独り——戦後75年の生の寂しさを引き摺りながら・・・
　　　　　　　　　　　　　　　　　　そうなるっ！

あの一瞬に、ナガサキで羽を焦がした戦後の〝逸れ鳥〟なれば

どちらがいい　わるいというわけではない（のだ）
それぞれには土地柄というものがあって——
お互い世界で初めての原爆の悲惨を受けていても
当時のヒロシマは勇ましい〈軍都〉
　ナガサキは　やっぱり優しくて人なつっこい〈祈りの町〉——（で）
だから

原爆は　ヒロシマにだけ落ちたと錯覚《さっかく》されてしまったりも・・・いやされかねないか（?）

ナガサキの人の中には原爆は己自身の罪——神から与えられた己への科《とが》とする者もいたくらい——むろんこれはカトリック信者——〈祈りの人〉のことなれど——

ヒロシマに先に落ちた　ということは確か——が　ナガサキの——それは　事実とはかかわりのない己自身の心の内側でのこととしての気風がか?

わたし自身についていうなら　わたしはその〈祈りの人〉ではない　が　まちがいないナガサキでの原爆被爆者

35年間　それを語り出し得なかった——そんな　だから被爆者のナガサキの地を踏んだのも40年ぶり

——55歳になってというそのころに・・・・

でもただ息だけはついていた・・・でメシは食わねばならぬ・・・・その分だけはなんとか——

でも戦後とも馴染めない羽を焦がした〝戦後からの逸れ鳥〟・・・・辛うじて息だけはついての——むろん〈平和〉を謳いだすことなど夢にも・・・・

かといって　平和を求めていなかったわけではなく

というよりむしろ誰よりも強い意志での頑固なる平和信奉者——己の胸の内でだけのこと

　なれど
でそんな己をば〝丸腰の絶対主義者〟と名付け（おり）‥‥
ときにいま戦後も75年――だから15歳だったその被爆少年も90歳の卆寿になっていて
で死を間近かにし　今為《し》ようとしていることは己れの持ちつづけたその内的な思いの自己
　表出――
ポエムの力を借りての　独りでの
ありていにいうなら『末期の水の味は？』なる名の〝遺言詩集〟――「憲法論」として――
　のそれなる
人前では人並みに〈平和〉を叫べない――となれば己の望む〈大衆の原像〉たりも得ず
――つまるところ　戦後からの〈落伍者〉としての醒《さ》めた眼で――そこでの胸の内なる思
　いを詩の言葉に――
とそれが〈無言〉に近いものであるならば逆に　あの〈沈黙したままの死の人〉のところ
　へもたやすく行けるではないのか――とも
物を言った　言わないではない（のだ）　還り着くところは皆同じ――わたしはわたしの
　仕方で
ただ最後に一言付言すれば　わたしは『授業＝ナガサキ』（国土社、一九七〇年三月）な

る本を持っていて――そのように　教師である者の職務としての「授業」に拘りつづけ
それを「平和への祈りの授業」と題し・・・となればわたしも〈祈りの人〉の親類ってこと
（？・）
いま改めてしみじみ「俺はやっぱり　ナガサキでの原爆被爆者・・・あの一瞬に羽を焦がし
た・・・」と思いおり――〈祈りの人〉とも違う――そんな平和の希求者として・・・の
・・・と

「反核」「反原発」を国民みんなの力で果たしていきたい

『「反原発」のメディア・言説史　3・11以後の変容』（日高勝之、岩波書店、二〇二一年二
月）を読了した
そしてわたしは「序章　3・11以後の「反原発」とは何か」を読んだ――その夜は眠れな
かった　興奮し　――
わたしは67年前の一九四五（昭和二〇）年八月九日　ナガサキでの原爆被爆者　大火傷で
九死に一生を得ての

なお81歳からは前立腺癌での原爆症の認定者
そんなことよりわたしは　あの八月九日以後の原爆ショックからは一生立ち直れなかった
　そんな気弱者
・・・でありながら　いま91歳と4か月になるまで生き　なお息はついていて
でもでも　去年90歳の卆寿時には心不全で――六回もの入退院を繰り返し――
で　精神に併わせ肉体的にも戦後からの完全なる落伍者
・・・だから自分のことを自分で〝戦後逸れ鳥〟と（自称し）くどいように
そんな者のことなれば
「反原発」への思いは誰よりも強く・・・・でそれをば心に刻みつづけ――きりなく
が　科学についてはずぶの素人・・・・なれば「原発」も止むないことか・・・・と　かつてには
（思っていたりも）・・・・残念なれど
しかししかし
あの二〇一一年三月一一日　東日本大震災に於けるフクシマ「原発事故」以来――強烈な
「原発」反対者
――絶対的といっていいほどの――怒《いか》り狂っての〝半狂人〟まがい――のか（？）
そんなわけで日高勝之なる「原発」研究者の本著に触れ

もうその日には夢の中にまでそれが入り込み　一晩中眠れなかった（というわけで）
それと
わたしは　基本的にはメディアなるものを信じていない（いられなかった）
あの少年時代の戦中　国体的ファシズムに煽り騙されつづけてきていた者なれば
…と　本書にもそう書いてある（あって）
原発については「朝日」「毎日」「東京」の三紙は頻繁に出てきても　その他は全くもって
　…と
しかし名前のでてくる右三紙又　テレビメディアなども　それなり以上の報道はしていない（のだと）…そういわれればそのとおり
「原子力」には「平和利用」と「軍事利用」はある…がそこでの関係性についての明晰
　――明快なる表示については全くもって――これも逃げ腰
わたしは元より「反核」であり「反原発」――それはワンセットのはずとずっとずっと――
…とである　そこには「原子力ムラ」「政官産学メディア」「核の傘」――　のそれらが
　現状的課題として自ずと表れでてきて（いて）
…となると　つまるところどうしていけばいいかってこと…

が　だからといって拱手などしていられない（まい）
わたしとしては「核廃棄物」を国民みんなして掌一杯ずつを受け持って自分の手で処理する　その一人一人の心掛けを寄せ集め「反核」「反原発」に繋げ「核」廃絶に迫る――
それよりない（と）
日高の言葉を使っていうなら、「等価性の連鎖」即ち　立ち場の違いを乗り越えての現実的な方向づけの築き合い――そうなろう
思い起こせば
一九七九年の米スリーマイル島原発事故
一九八六年のソ連でのチェルノブイリ原発事故
と　戦後も原発事故は米ソということの間でも起こっていて
が　わたしのばあい　人類史上初――あの昭和二〇（一九四五）年、八月六日におけるヒロシマの原子爆弾投下…それにつづく九日のナガキでの直接核被爆者
それについては間接的にではあるのだが一九五四三月一日におけるビキニ環礁における第五福竜丸の死の灰事故のときはわたしは奇しくも24歳の誕生日で
だからか…それらへの関心もずっと抱き続け・て・い・て
けれども　核についての決定的な自己変革を遂げたのは　やはり二〇一一年三月一一日に

おける「3・11」の「フクシマ原発事故」
あのナガサキでの直接の原爆被爆者としての思いからしても――いや　であればこそ逆に
その「戦後」への拘りから脱して「災後」への思いを深めるべきと――
いうなれば〈唯一の被爆国〉としての思いを　今の時代にあって国民全体で共有し合う――風評被害とは真逆の　先にわたしのいう「掌一杯の残留放射能汚染土」処理感――
さらになお過去に拘わるとすれば　第二次戦中　己の国の犯した罪科についての自省をも
その二つを伴わせ　いやバネにさえし　これからの「反核」「反原発」に立ち向う――いわば一歩我が身を引いての「恕」の思想の強化！
でなければ　三一〇万の戦争犠牲の死者との共生をも果すことにはなるまい‥‥あえてそうすることで　その「祈念のかたち」を現実的な課題として同志全部で共有し合う
なおそれを歴史化し――
いわばこのいま目の前の「反核」「反原発」は人類史的な歴史問題‥‥と自覚の深め＝昂めということでっ！

あの日から75年経っての、わたしにとっての〝現実〟は（？）

きょうは二〇二〇年八月九日
あの日の11時2分から75年経っての——
わたしは朝5時に起きた　そしてトイレへ
・・・・と下痢便がドバッと——でも気持ちはさっぱりすっきり
榊原記念病院退院以来の腹の調子の悪さが続きに続き
・・・・もしかすると75年分の原爆の〈毒〉が・・・・（かも）と
・・・・そう思いたい・・・・いや思い定めて——
あと　マッサージチェアーに座って　まだ未刊雑誌に載るはずの原稿（コピー）をば・・・・
と　これが（いいのだ実に）
直接　原爆被爆についてのことを書いたものではない（のだが）・・・・でも——
ナガサキでの「原爆被爆者」の書いた　いま現在の思いとしてのエッセイまがい詩《ポエム》・・・・
・・・・なれば　それを読み終えてのわたしは　己の眼からはポロポロと涙が——
——よう生きとった　生きとった（と）
口では小声で・・・・

戦後の波には全くもって乗り切れなかった孤絶者としての　せめてもの生の囁きとして
・・・の
本当ならきょう八月九日――その日を発行日として〝遺言詩集〟の「憲法論」なる『末期の水の味は？』も発刊されているはず（だったのだが）それが・・・
なんたること　出版社との齟齬でもうしっちゃかめっちゃか
なにはともあれそれはそれとしテレビでのナガサキ――平和祈念式典には参加せねばと
そして
11時2分――平和の鐘の音に合わせ黙祷をば・・・なお七万の死者　併せて一度死んでいたはずの己の生にも
どうやって生きてきたのか　又どのように生きようとしたのかをも改めて〝長い1分間〟のあいだで問い直し――
それが　きょうのわたしの〈現実〉――（ってことで）
90歳の卆寿になって二回の入院を繰り返し　いまなお退院後　体調のすぐれぬ己の分として――今後これからの生も含め――
改めていう――なら
きょう　八月九日11時2分からは

思いのままにならなかった75年の長い年月――哀しみそのままでの――
しかし　明日からは
蘇った心と体で　しばしの〈時〉を送らねばとも　残り少なくなった命なれば
〈義〉と〈善〉と〈恕〉とを旨とし・・・・あのとき九分九厘死んだも同然の心と体・・・・その
己をよーく振り返って　それと似合った悔いのない最期をばと　そう思い　又これから
午後には詩集のゲラの校正を――と――
それがいまあの日から75年生きてきた者の〈現実〉・・・・
で
儚ないったら――
もう・・・・そんな・・・・そんなっ

ナンシーの『フクシマの後で』を読んでの思いを

いい本を読んだ
フランスの哲学者　ジャン＝リュック・ナンシーの『フクシマの後で』（以文社　二〇一二
　年一月、渡名喜庸哲訳）を
だから　この本は再読する…で　ここでは最初の感想を——
ナンシーはフクシマに併せて
アウシュビイッツ
チェルノブイリ
ヒロシマ——を挙げている　こんな本は初めて
先日読み終えた　広島市立大学　平和研究所の『広島発の平和学』にも　広島の受難のこ
と　それに合わせての朝鮮・中国・東南アジアへの加害のこと（しか）
…とここには「核」の持つ意味が広島止まりで——
いわゆる受難の歴史——
で　つづいてはナンシーの挙げた四つの災害について　それを核とかかわる　いまを生き
　る人間の存在自体と繋げてみる——

一つ――アウシュビイッツ
これはドイツナチスによるホロコーストとも呼ばれるユダヤ人大量虐殺一〇〇万もの――
いってみて人の人による人為的大災害
一つ――ヒロシマは　一九四五年八月六日における原爆――人類初の核＝原子爆弾によって
ての　二〇万の人の死　街全体が壊滅してしまったあの・・・・あの　きのこ雲の下の地獄
図
一つ――チェルノブイリ
これは平和利用としてのソビエト　チェノブイリにおける原発事故・・・・とここで　原爆が
原発事故に変化していることに
一つ――フクシマ
これは二〇一一年三月一一日午後二時四二分における　東日本大震災による福島第一原発
事故――いわば大津波によって侵された――あの
・・・・と　この四つのことを並べるとどんなことに――
〈人為災害〉に〈核〉が加わり　その〈核〉が〈平和利用〉の名で〈人為災害〉を起こし
最後はそれが〈自然災害〉として拡がる
言葉を変えていうなら〈人為世界〉における災害が〈自然世界〉の災害に

――いや「核」という〈人為〉が「大津波」という〈自然〉からの報復を受ける――
「自然を征服する」といっていた一九世紀以降の「近代」が逆襲された――（ということ）
――
とそこでは　もはや「進歩」なる概念は停止している
いや　そのこと自体を推し量ることすら（できない）
計算不能　通訳不可能　そこにあるのは「文明の地平」ではなく「地平の破局」
そのことをナンシーの言葉を借りていうならばつぎなるように――
「人間主義《ヒューマニズム》」は、「人間の真の偉大さ」も、
「自然」の偉大さも、「世界」の偉大さも、さらには
存在することの一般の偉大さも思考することができないからである。
……というと　いまあるこれからの世界は　混沌を超えた暗黒の空無ということか（？）
――
それにしても　訳者渡名喜康哲の解説はよくできていた

……で　この本はあと一回読み返す　ぜひ必ず
そして又　その感想を――ば　そのときに――

『フクシマの後で』の書き残しを

この本は二回読んだ……そして読めば読むほど――
で　ここでは　本書を読むことになったきっかけをつくってくれた「週刊　読書人」（二〇一二年　九月二〇日号、追悼・ジャン＝リュック・ナンシー「死を超えて生きる稀有な哲学者」対談＝西谷修　渡名喜康哲）から

西谷（……）ハイデガーは「ダーザイン」あるいは「ひと《ダス・マン》」という言葉で、誰でもない非人称の「私」が被投性において、つまり受動的にこの世界に存在しているというところから出発しなければいけないとして、主体の絶対性を解消しました。主体を現存在と言い換え、それが基本的に「共存在」であることを示したんですね。そこには西洋近代のいわゆる個人主義に対する反発や批判があったと思います。テンニース

が理論化したのは、共同体から社会に組織されていくのが歴史の不可逆過程つまり近代化であり、その原理が個人の解放と自立にあるということですが、その近代化論に対する疑念や異論も出てきます。（中略）ナンシーは「無為の共同体」という論文で、être（存在）は単独ではあり得ず、つねに avec（共に）であり、むしろ avec が個々の存在を成り立たせているということを示しました。存在一般というものは語りえず、語りうるのは個々の存在だけです。それを理論化していくプロセスの詳細は省きますが、存在を成り立たせているこの avec（共に）は、ジョイントとか接着剤といったもの（実体）ではなく、むしろ切断だとナンシーはいう。つまり、あるものとあるものが違うという分離があることによって、この分離そのものが両方を結びつけている。その両方が分離、切断を共有することによって、個々の存在として成り立っている。それが être-avec という様態で、個々の存在はつねに複数的な関係のなかにあることになる。要するに、「と共に」あるいは「共同で」ということでしか、存在するという事態はありえないということです。ひとつひとついくつも持っていて、その多様な切断面を他のものと共有している。互いがけっして同じではないという差異が両方に「共有＝分割」されている。それがナンシーの「分有《パルタージュ》」の論理ですね。

（傍線——畑島）

要はハイデガーの主体の絶対性の解消即ち「共存在」を受け継ぎ―発展させ　ナンシーは
「・・・・と共に」＝「共同で」という「分有《パルタージュ》」論を生み出す西洋の「主体」の形而上学の
　乗り超えとして――
纏《まと》めて言うなら――
「人間が自分を超えていくような状態」すなわち「他者との境界線の絶えざる刷新」
福島の場合
人間と技術の間――自然と人工の間の垣根の流動化――すなわち人間が自分を超えていく
ような状態――いってみて　人が個人としては成り立ち得ないこと
そしてこの場合
ひとつひとつの存在はその切断面をいくつも持っていて　その多様な切断面の他者との共有＝いわゆる「共有」と「分離」――それがナンシーの「分有」の論理だということ・・・・
・・・・と　ここからが『フクシマの後で』ということに
とにかく折目と傍線だらけで纏めきれない
・・・・でわたしがメモとして書き込んだ語句をば――次に
・原子力の破局
・人類への破局の道

・意味の破局
・ヒロシマとフクシマを混同してはならない
・断絶と混迷とのかかわり——われわれはさらにまたどこに行くのか？
・とりかえしのつかぬ文明
・フロイトの捉える「自然の力」
・原子力に「民生」と「軍事」の区別はない
・西谷修による『敵なき戦争』状態のいま
・原子力における究極的な持続的な有言性
・「進歩の」文明、「自然支配」の文明——いわゆる文明の地平に留っていてはならない
・フクシマの計算不可能性 又 通訳不可能性
・われわれの目前にあるのは「全般的な変容の可能性」
・自然に破局はなく、文明に破局がある
・思考の不可能性
・目的も手段もない（一般的等価性）
・ポストモダンはNON
・フクシマはあらゆる現在を禁じる

・向きを変える
・評価しえないもの

こうやって書き込みを連ねていくと　いわれていることの全体像は見えてくる
これまでの文明の尺度　間尺ではフクシマは計れないこれまでの「個」としての人間の間尺を超え亡びることのない「自然」を前に「分有」の「共同」社会を築いていかねばならぬということ「・・・と共に」を旨とし　いわば切断面的融合存在としての「分有《パルタージュ》」をば――
西洋文明の終焉をフクシマが決定づけ　そこから新しい人類世界が展けていかなければいけない
とどうやって自然とも包み包まれあっての　新しい人間の命の平衡を築いていくか
正に「人新世」における「人間以後」の世界への対応ということになる

ナンシーと重なっての凄い哲学書を——

西谷修の『夜の鼓動にふれる——戦争論講義』（ちくま学芸文庫、二〇一五年八月）を読
　み終えた
もう折り目と傍線だらけ
その中で　いちばんよかったのは
いまわたしがやっている「原爆インタビュー」資料づくりに関することが　直接できた
　こと
一つは「アウシュビイッツ」
もう一つは「ヒロシマ」
（残念ながら「フクシマ」はでてこないが……）
しかし　この本を買ったのは「週刊　読書人」による　フランスの哲学者ナンシー追悼の
対談者として氏が出ていて　それは『フクシマ以後』なるナンシーを中心にしての対談
なれば　そこで「フクシマ」については語られているので
でこの二つでたくさん……できれば「チェルノブイリ」も欲しかったのだが……でも　そ
れ以前——「ヒロシマ」までの講義録ということなので

最初の傍線は――

「‥‥この〈暴力〉の発現によって破壊されるのは「敵」だけではなく、「人間」としての自分自身でもあります。（中略）だからこの〈暴力〉は加害者とか被害者というものはないでしょう。」

〈暴力〉とは「原爆」のこと――そして投下者の自分自身も被害者と共に　その〈暴力〉にさいなまされているということ

即ちそれは〈人類全体〉〈世界全体〉〈地球全体〉――その人類史の〈暴力〉がここでは行なわれていたということ

氏はそこに到る「人間中心主義」の「近代」なるものを――「ヘーゲルと西洋」として

それを近代の終焉――いうなれば「文明」の杜絶――「進歩」の概念は　ここで一つの

「歴史の終わりを遂げた」と――一九世紀以降の西洋文明は――人間が自然を征服する

という驕った妄想！

それをハイデガー以後の哲学的思考の流れを追いながら解明していく

問題は　原爆の破壊力だけでなく〈放射能〉で殺された者のみならず殺されなかった者が

死ねないところで〈苦しみ抜く〉――死さえも放射能によって奪われているということ

なのだ

要は「ヘーゲル以降の一〇〇年」になにが起こったか　ということ——それは世界戦争による「絶対知」の崩壊——もうギリシア哲学以来の「知」の世界もがそこでは消えてしまっているということ——で

「アウシュビイッツのユダヤ人殺害は一〇〇万人　しかしこれは人間が人間に行なう暴虐で　都市全体を破壊するわけではないし　殺してしまえばそれで　おしまいの
が　原爆はそうはいかない
破壊された街　死んでいった人としてではない——生き残っている者が放射性物質という人間最高最大のテクノロジーの極みによって苦しめつづけられるってこと——開いた傷のまんま
そしていま「平和」がその核兵器によって宙吊りにされ——
で　かつての「世界戦争」時のように「平和」と「戦争」とが対概念として在る——という事態ではない
「平和」が常にかつての「戦争」を超えた超能力殺人物としての放射能に向き合わされいってみて　死ぬに死ねない　奇妙な生／死の関係の間で生きているということ
その伝で枠を拡げていくなら　殺害者の方だってそれとは同じ息の繋げ方の範疇の中にい

るという――
〈終わり〉はもうないということ（・・・・）で歴史は終わらない　もし終わったときには人類は絶滅していて
ところまでが「ヒロシマ」
あと「冷戦」時における「チェルノブイリ」についてと「フクシマ」については　この本にはでてこない
で簡単にいっておくなら
「チェルノブイリ」は原子核の「平和利用」で〈人為〉内
しかし「フクシマ」はそれとは違う「チェルノブイリ」の〈人為〉の究極――いわゆる「原発」を「自然」が破壊するという「人為」への報復
よって　そこに露呈されているのは〈放射能〉を間にしての「人」と「自然」との相克――いや「歴史の終わり」のさらなる「終わり」――か（？）
人が死ねないで苦しみ抜く――地球の限界なるものの中で（が　これは本書からははずれている　で　稿を改めて書く）
いずれにしても　人類の最期を見通してのいい本であったということ――本書の著者に感謝！

（2）少年詩の部

にんげんさまって・・・・

とうさんや
かあさんたち　おとなは
じぶんのことを「ひと」とよんで（いて）
てんのかみさまや
うみのかみさまをも
　　　　つくりだし――
そして
じぶんたちのことをば（です）
「ばんぶつの　れいちょう」だと　おむねをはって――
でも　でも

いまの　いまは（です）
それってほんとかな？　と　くびをひねったりちぢめたり・・・も
――というのは
めにはみえない――〈カク〉というなの　おそろしいものをつくりだし
・・・で
じぶんたちをさえも
じぶんの「め」では　みれなくなっていて
――と　これってなに　どんなこと（?）
まるで　まるで　もう・・・・いやはや！

いのちって――

いとしい[*1]　いのちって
かなしみを　からだいっぱいにつつんで
つつみ　つつまれ　つつまれあって――
まわりのけしきともいっしょにいきている――そんな！
それを　おとなは　いま「ピュシス」[*2]といっている（ようなのです）
と
その「ピュシス」って
しぜんの　たいせつさ……ってことなのか……しら……ね（⁉）
いまの　わたしには
　　よくはわかりませんが……

＊いとしい——かわいらしい。
＊「ピュシス」（自然《しぜん》のこと）。

むなしさって　しっていますか（?）

かいぐり　かいぐり　とっとのめ
ぐり　ぐり　ぐりの　ぐっちゃぐちゃ
てんを　あおいで　めを　むいて
おもいは　ぐちゃぐちゃ　ぐちゃりんこん
――ああ　かなしいっ
　　くやしいったら
いま　ちきゅうが　ほろびそうだから――
おとなのひとたちが　いま　そういってるから
みんな　こどもに　かえらねばって――
でも・・・わたしもむなしい　それをきいて・・・・むねのなかが　からっぽになってし
　まったかんじ・・・・で
いや　はや・・・・

……と　いったい　どうすれば――（？）

むすびのまえに

誰かであるあなた‥‥と共に
――ナンシーの『フクシマの後で』と絡んで

人が生きている（いく）とは
「‥‥と共に」が原初からの習慣《ならい》
いわば
「私」／「君」という繋がりを超え
「誰」なる不定の者へと言葉を差し向ける
と‥‥そこには
「我」ではない「私たち」という新たなる「‥‥共に」が生まれ（でていて）――
暗い草叢の中でのホタルブクロにホタルが入って　あの　密やかなる夏の夜の和《なご》みの
　景色を作りだしている（が如くに）
なおそれは
これまでのロゴスとは違ったピュシス世界！

と　これぞ
去年（二〇二一）八一歳で命を閉じたフランスの気鋭の哲学者ジャン＝リュック・ナンシーの名指す「分有（partage）」――「……と共に」なる
それっ！

*

いま　コモン　アソシエーション　新しいコミュニズムといったことがしきりに言われていて
いわば　みんなして小さな力を寄せ合って共同＝協働的な社会を築いていくという――
又「分人」なる新語も現れ出たりもし
と　これらは
「誰かであるあなた」へと思い＝言葉を指し向け合う仕方のありよう
そこでの主体は「不定の二人称」と絡み合っての
……で　むろんそれは「国民」をも「民族」をも超え――いわゆる宇宙的な「自然《ビュシス》」のそれに包み包まれ合っての命脈《いのち》の平衡の――態《さま》

当然そこには　太陽《（ひ）》も獣類《（けもの）》も草木も　又人工物もが「文明」をば遥か遠くに見はるか
　しおり・・・・て
いわば　ナンシーの言葉を借りていうなら
これぞ正《まさ》しく「特異性の分かち合い」！

そして
余命切れかけのわたしが　ナガサキでの一人の原爆被爆者として
いまは亡き　ナガサキ・フクシマの人のいる沈黙の場へと思いを立ち還らせ（おり）
・・・・とそこには
又　新たな自然《ピュシス》の 理《ことわり》としての共同体もが・・・・
「誰かであるあなたへ」なる
　　歴《れっき》とした！

あとがき

二〇二二年四月三〇日、「国立長崎原爆死没者追悼平和祈念館」から、「ナガサキの証言　被爆者は語る」のDVDビデオが届けられた。美しい装幀のパッケージに包《くる》まれ——。前年の一二月二〇日、原水協で受けたインタビューの録音・録画記録である。

そこでわたしは考えた。九一歳時に語り出したこの「ナガサキの証言」を間に挟み、これまで書き続けてきた〈核〉と関わっての己の詩の振り返りをしてみようかと。なおそれを〈戦後〉と〈災後〉とに分けて整理し。もちろん、数多く書いてきた作品からのピックアップなる。とりわけ〈戦後〉の場合は。でそれを、「ナガサキの証言」を軸とし——。

ときにここでいう〈戦後〉とは、一九四五年八月一五日——敗戦からの戦後。つづく〈災後〉は、その戦後に含まれるものとしてではあるが、二〇一一年三月一一日、フクシマでの原発事故以降。いうまでもなく、そこを占める中身は共に〈原子核〉ということで。

一五歳時に受けた、あのナガサキでの一瞬の閃光から、精神的には一生立ち直ることができなかった孤絶者が、八一歳にしてあの「3・11」のフクシマ原発事故に出会う。そしてその時わたしは　居ても立ってても居られず。で、そこでの思いを詩の形を借り、書きに書いて――。「羽を焦がした戦後の〝逸れ鳥〟」を自称する原爆被災者が。はじめにいった九一歳時での「ナガサキの証言」の〈カタリ〉を軸に、ナガサキでの〈核〉とフクシマでの〈核〉とを繋げ――。

「ナガサキ」、「ヒロシマ」、「フクシマ」と各々の〈核〉とかかわっての論はよく見掛ける。しかしそれを、「地球の限界」といわれる「人新世」期に纏《まと》わせて書かれたものに触れたことはなくて。――拠ってわたしは両者を結び合せ、〈平和〉への思いの書としてそれを詩の力を借りて――と。

いずれにしろ「ナガサキの証言　被爆者が語る」がなかったら、この原爆記録集もありえなかった。その意味でも「国立長崎原爆死没者平和祈念館」には、感謝せねば。なお、高比良館長様には「序」のお言葉までをも頂いて。なお併せて、売れ筋のよくない（ともいわれている）詩集まがいの本書の出版をお引き受けくださった長崎文献社にも。わたしとしては、『ナガサキとフクシマ』を本として出すのだったら、なんとしても己れ自身の被爆の地〈ナガサキ〉で、と強く希っていたので。

ことは以上のような次第――で、読者の皆様には、この〈核〉とかかわっての原爆被爆者――九死に一生を得た廃《すた》れ者の、残り〝一厘〟の生の思い――その〈当事者〉と肩を並べ、お読みくださると幸甚です。

最後になりましたが、本書制作についての全ての仕事をお引き受けくださった長崎文献社　副編集長の川良真理様には厚くお礼申し上げます。

なお、本『ナガサキとフクシマ「ナガサキの証言」を軸として』が、多くの方々の眼に触れることを希ってやみません。

よろしくお願いいたします。

二〇二三年二月一日

畑島喜久生

著者近影

さくら

さくら　ちる
ちる
ちり
ちりいそげ
そして
この　わたしのむねのなかの
ちりをも
とりはらっておくれ（ね）

＊被爆者の願いのポエムとして――

畑島喜久生プロフィール

・一九三〇年　長崎県対馬で生まれる

・一九四五年　八月九日ナガサキで原爆被爆　九死に一生を得る

・長崎師範学校・国学院大学卒

・東京都公立小学校長定年退職後、白百合女子大・東京学芸大講師・東京保育専門学校長等を歴任——六一年間教育の仕事に携わる

・書籍としては、原爆関係『たゆまぬ歩み　おれはカタツムリ——長崎平和像を作った北村西望』（佼成出版）『ナガサキの空』『ナガサキの花』（らくだ出版）『よみがえった　すずむしのうた』（岩崎書店）『かげになった　いちろう』（らくだ出版）『授業＝ナガサキ』（国土社）『わたしが15歳のとき日本の国は戦争に負けた』（リトル・ガリヴァー社）

教科書関係「平和への祈り——平和祈念像を作った北村西望」（学校図書　五の下）

現代詩集関係『亡国——日記抄』（現代児童詩研究会）他一〇冊

少年詩集関係『魚類図鑑』（学校図書）他六冊

その他　教育関係図書等多数（本書が一一〇冊目）

・現在九三歳

	畑島喜久生詩集 ナガサキとフクシマー「ナガサキの証言」を軸として
発行日	2023年3月1日　初版発行
著者	畑島喜久生
発行人	片山仁志
編集人	川良真理
発行所	株式会社　長崎文献社 〒850-0057 長崎市大黒町3-1　長崎交通産業ビル5F TEL:095-823-5247　FAX:095-823-5252 HP:http:/www.e-bunken.com
印刷	日本紙工印刷株式会社

ISBN978-4-88851-382-1　C0092